Roswitha Gullner · Der Klopfer

B in ich normal, weil ich verrückt, oder verrückt, weil ich normal bin?«

Roswitha Gullner, die »ganz normal Verrückte«, bezeichnet sich selbst auch als »glückliche Närrin«, widmet sich dem Kleinen, Unscheinbaren, scheinbar Bedeutungslosen mit begeisterter Kreativität, die spitze Feder gerne gegen sich selbst gerichtet. Es gelingt ihr mit viel psychologischem Gespür, Lebensweisheit und Alltagskomik zu verknüpfen. In digitaler Mischtechnik entstandene Illustrationen runden die humorvollen Erzählungen zu einem bunten, originellen Buch ab.

ROSWITHA GULLNER, in Wien geboren, hat drei Töchter und lebt mit ihrem Mann vorwiegend im Burgenland. Sie war begeisterte Lehrerin und Schulleiterin einer musikalischen Volksschule, bevor sie sich ganz dem Schreiben widmete. Roswitha Gullner veröffentlichte bisher 21 Bücher, darunter Schulbücher für Musik und Englisch, Erzählungen und Lyrikbände mit eigenen Fotografien. Derzeit gilt ihre besondere Aufmerksamkeit humorvoll-kritischen Betrachtungen des Alltags.

Roswitha Gullner

DER KLOPFER

Ganz normal verrückte Geschichten

Bibliografische Information der Deutschen Nationalbibliothek:
Die Deutsche Nationalbibliothek verzeichnet diese Publi-
kation in der Deutschen Nationalbibliografie; detaillierte
bibliografische Daten sind im Internet über
< http://dnb.d-nb.de > abrufbar.

© 2008 Roswitha Gullner
Satz und Layout: Buch&media GmbH, München
Umschlaggestaltung: Kay Fretwurst, Freienbrink
Unter Verwendung eines Bildes der Autorin
Herstellung und Verlag: Books on Demand GmbH, Norderstedt
Printed in Germany
ISBN 978-3-8370-4786-8

Inhalt

Der Klopfer

Hauptberuflich war er Junggeselle, nebenberuflich höherer Beamter im Unterrichtsministerium. Da ein wesentliches Kriterium für die Anerkennung im Kollegenkreis die Teilnahme am diensttäglichen Tennisspiel war, wusste der Sepp genau über sein Privatleben Bescheid, nämlich, dass es keines gab. Plötzlich jedoch versprach sich dieser Umstand zu ändern: Robert, Junggeselle und Tennisspieler, ließ das Interesse einer für ihn, den Mohnliebhaber, tagtäglich neue Mohnleckereivariationen kreierenden Kollegin nicht mehr unbeachtet. Als die beiden schließlich im Mittelpunkt der ministrablen Sensationslust standen, entschied er sich dennoch gegen lebenslänglichen Mohn.

Eine bedeutungslose Geschichte? Es gibt keine bedeutungslosen Geschichten; es gibt nur Geschichten, die vielleicht für Sie ohne Bedeutung sind. Für mich war diese von hohem Wert, denn ich zog daraus eine Lehre: Liebe geht durch den Magen, und dieser braucht Abwechslung. Ich habe es leicht, denn ich liebe die Abwechslung – bei all meinem Tun.

Von ähnlich hoher subjektiver Bedeutung war für mich eine Aussage meiner Zeichenprofessorin: Eine Arbeit ist dann gut, wenn das Charakteristische erkannt und alles Unwesentliche weggelassen wird. Ein Satz, der sich auf die Kunst bezieht, somit auch auf die Kochkunst. Und wieder habe ich es leicht, denn das Unwesentliche wegzulassen machte mir schon immer großen Spaß.

Sie meinen, ich könne leicht singen beim Kochlöffel-schwingen, hätte ich doch entweder die Freude an der Ab-wechslung oder den Spaß am Weglassen. Knapp daneben. Die wahre Euphorie entsteht erst durch eine Synthese der beiden:

Bekämen bei einer Spaßpunkteverteilung die Abwechslung und das Weglassen jeweils neun Punkte, würden einer Verbindung der beiden nicht 18, sondern 81 Punkte gebühren. Die Zahl der Möglichkeiten, sich in der Kunst des Weglassens zu üben, steigt mit der Häufigkeit der Variationen. Schon früh übte ich mich darin.

Bei der Zubereitung von Kartoffelkroketten, zum Beispiel, ließ ich von dem in der Kochschule Vermittelten alles Unwesentliche weg. Warum sollte ich die Erdäpfel unter Aufbietung all meiner Kräfte zerstampfen, um sie dann wieder mühsam zusammenzupressen? Liebevoll, aber flink, wälzte ich die ganzen (und natürlich alle) gekochten Erdäpfel in den Bröseln hin und her. Der Kommentar der Gattin eines ministrablen Kollegen, dem der Sepp stolz seine junge Frau mit all ihren besonderen Fähigkeiten vorstellen wollte, traf, einem spitzen Giftpfeil gleich, schrill kreischend den Sepp mitten ins Herz: »Mir schmeckt's!«

Die Kunst des Weglassens beherrsche ich noch immer, und ich übe fleißig an ihrer Weiterentwicklung. Warum soll ich ein Schnitzel ohrenbetäubend auseinander klopfen, wenn es sich bei der ersten Hitzeeinwirkung in der Pfanne ohnehin unverzüglich zur ursprünglichen Größe zusammenzieht? Nein, ich habe bis heute kein einziges Schnitzel geklopft. Bis heute.

Und heute ist Vatertag. Und jetzt ist es sieben Uhr. Trotzdem ist der Sepp bereits in ein seine ganze Aufmerksamkeit beanspruchendes Gespräch über irgendeine aus dem Russischen stammende Silbe, die sich im Lutzmannsburger Dialekt wiederfindet, vertieft. Am Telefon mit dem Schlögl-Amtmann.

Seit das Wort »Zufall« für mich eine neue Bedeutung gewonnen hat, ist es für mich ganz selbstverständlich, dass der Name des Amtmanns ein Synonym für den im Folgenden eine Rolle spielenden Gegenstand ist. Sepps Abgelenktsein nützend, beginne ich heimlich mit der Zubereitung der Vatertagsüberraschung: Zur Abwechslung sollen es in diesem Jahr Rindsrouladen sein, Rindsrouladen nach Art des Hauses.

Systematisch und voller Genuss lege ich vor mir auf, was ich brauche: Semmeln, Speck, Gurkerl, Kapern, Senf, … Begutachtend schneide ich die Packung mit dem Fleisch auf. Im nächsten Moment durchzuckt mich wieder einmal der berühmte Schreck vom Scheitel bis zur Sohle; die Schnitzel sind mindestens zwei Zentimeter dick. Einrollen? Unmöglich! Soll ich vielleicht doch?

Unter dem Herd ist eine Lade, die der Sepp, weil er sich mit dem Bücken schwer tut, nur kniend öffnen kann. Da auch das Hinknien mittlerweile sehr aufwändig geworden ist, lasse ich in dieser Lade die mir übergebene wertvolle Ausbeute seiner Flohmarkt-Exkursionen verschwinden. Ich brauche nicht 17 Schöpflöffel, sondern einen, und ich brauche gar keinen – .

Das Innere der Lade rumpelt einmal hin und her. Der Küchenboden bebt, die Glasscheiben der Kasteltüren zittern bedroht, die Tassen und Teller dahinter scheppern, in Todesangst klirren die Gläser. Und die Rindsschnitzel werden ganz allmählich flacher, dünner und breiter. In dem Augenblick, in dem der Sepp, sich überschwänglich für das aufschlussreiche Gespräch bedankend und sodann erleichtert aufatmend, den Hörer auflegt, schließe ich das Backrohr. »Wo …«, seufzt er händeringend, den Blick nach oben drehend, »… wo hast du denn schon wieder Bilder aufgehängt?« – »Bilder?«, genieße ich das Wiegen in meiner Unschuld. »Was war das denn für eine fürchterliche Pumperei?« »Das ist eine Überraschung.«

»Schöne Überraschung. Ich habe einen bleibenden Hörschaden!« »Ja weißt du«, beginne ich das Geheimnis zu lüften, »die Rindsschnitzel ...« Sepp starrt mich mit weit aufgerissenen Augen an, und auch den Mund bringt er nicht mehr zu. »Hast du an Klopfer?« Jetzt bin ich dran; jetzt verschlägt es mir die Sprache. Wie konnte einer, der mir seit 35 Jahren mindestens einmal in der Woche erklärt, dass ich spinne, in ebenso regelmäßigen, aber noch kürzeren Abständen, je nach Laune verärgert (90 Prozent) oder belustigt (zehn Prozent) feststellt, dass ich einen Klamsch, Pascher, Wuscher und noch einiges mehr habe, wofür es keine Worte gibt (was übrigens durchaus der Wahrheit entspricht), wie kann so einer allen Ernstes fragen, ob ich einen Klopfer habe?

»Ich meine«, kann sich der Sepp gar nicht erfangen, »du hast einen Fleischklopfer?« Die Lade unter dem Herd muss nochmals ein heftiges Rütteln durchstehen. Und dann hat der Sepp den bedeutungsträchtigen Gegenstand vor der Nase.

Vatertagsentsprechend marschieren die Töchter durch die Tür. Nicht mehr händeringend, sondern beide Arme nach oben ausbreitend, verkündet der Sepp: »Stellt's euch vor, die Ma hat wirklich an Klopfer.«

Es klopft weiter

Da mein Klopfer nun, ohne Behördenumwege und ohne Verzögerung durch ein gerichtliches Verfahren, aus ministrablem Munde amtlich bestätigt war, wollte ich Näheres über meinen Besitz erkunden. Ich erwartete etwas wie »Dachschaden« oder »Hieb« und las in Google an oberster Stelle die Definition: »Ein Klopfer ist ein Mensch, der klopft.« Ums Sein geht es also, nicht ums Haben. Klar: Ein Klopfer ist einer, der klopft. Ein Sammler ist einer, der sammelt (zum Beispiel Mariazeller Madonnen). Ein Träger trägt. Ein Briefträger trägt Briefe. Ein Fleischklopfer klopft Fleisch.

Und hier fangen Sein und Haben an, sich ineinander zu verstricken. Meine Funktion als Fleischklopfer kann ich nur ausüben, wenn ich auch im Besitz des gleichnamigen Gegenstandes bin. Der Fleischklopfer klopft das Fleisch, der Türklopfer klopft die Tür. Meine Überlegungen, Zeitwörter betreffend, die sowohl transitiv als auch intransitiv sein können, werden plötzlich von einem Klopfen an meine Windschutzscheibe untermalt.

So ein überraschender Regenguss ist gleich wieder vorbei, denke ich und betrachte im gemütlich trockenen Inneren meines Suzukis in aller Ruhe die eben gemachten digitalen Fotos. Ich weide mich bereits zum zweiten Mal an Rapsgelb und Pfirsichblütenrosa. Unermüdlich prasselt der Regen auf mein schützendes Dach. Also verstaue ich die Kamera unter meiner Jacke und hole tief Luft, um möglichst rasch und trocken die drei Meter zum Gartentürl und dann weitere 20 Meter zum Haus hinter mich zu bringen.

Dumpf knackst die Suzuki-Verriegelung, schrill knackst der Gartentürriegel. Ich stoße mit dem Kopf an das Holz und beginne sogleich kopflos draufloszurütteln. Die Haare kleben bereits in Strähnen auf meinem Gesicht, und was vorne nicht herunterrinnen kann, fließt in Strömen unter dem Kragen auf meinen Rücken. Ein unterdrücktes Fluchen, verursacht durch den Schrecken der Erkenntnis, bleibt in meinem Hals stecken. Von Innen ist das Reiberl, der kleine Riegel, vorgeschoben, der Riegel, der für die Katz ist, weil er verhindert, dass meine Muzi, geschockt durch einen ungebetenen, in der Tür erscheinenden Besucher, durch ebendiese auf die Straße huscht.

Gänsehaut kriecht über meinen Rücken, die Zornesröte wärmt mein Gesicht. Um Hilfe flehend packe ich den schwarzen, gusseisernen Engel an den Armen, richte sie auf, sodass sie waagrecht stehen, und lasse sie dann mit voller Wucht gegen die Tür knallen, dass diese krachend erbebt und aus dem eiskalten, eisernen, schwarzen Engelsgesicht die Regentropfen wie Zornestränen wegspritzen. Der Knall prallt an der Hausmauer ab, hallt durch den Garten und ertrinkt ungehört in den Wassermassen. Allmählich mache ich mich mit dem Gedanken vertraut, dass es in meiner Situation nur einen Ausweg gibt: den über das Nachbargrundstück bis weit hinter den Stadl und dann zurück durch den eigenen in meiner Vorstellung immer länger werdenden eigenen Garten.

Mit jedem Schritt im hohen Gras auf der aufgeweichten Erde färben sich meine Stoffschuhe dunkler. Sehen kann ich fast nichts mehr; das Wasser rinnt nicht nur außen, sondern auch innen an meiner Brille herunter. Endlich öffne ich die Haustür und genieße die Vorfreude, dem Sepp nun endlich den Anblick meiner ganzen, durch ihn verschuldeten Armseligkeit gönnen zu können. Wie versteinert abwartend starre ich ihn an.

Er bemerkt weder mich, noch die Wasserflecken auf dem Teppichboden. Andächtig wischt er an einer seiner porzellanenen Mariazeller Madonnen herum, hält sie wohlgefällig betrachtend mit dem rechten Arm weit von sich und stellt sie dann auf den ihr gebührenden Platz in die Reihe der nach der Größe geordneten restlichen 29 Stück. Die Arme verschränkend, lehnt er sich zurück und betrachtet nochmals zufrieden sein Werk. Schließlich sagt er, in Gedanken und mit den Augen ganz bei der 17. Madonna: »Nau?«

»Nau?«, sagt er. Meine Versteinerung verfestigt sich. »Regnt's vielleicht gar?« – »Nein!«, brülle ich. Die Brille abnehmend schaut mich der Sepp, auf dem Boden der Realität landend, verwundert an. »Nein! Es regnet überhaupt nicht. Du hast mich auch nicht ausgeriegelt, weil das Allerwichtigste für dich ist, dass ich möglichst schnell gesund und trocken wieder zu dir hereinkomme.«

Darauf wusste der Sepp nichts anderes zu sagen als: »Die Ma hat halt an Klopfer.« – »Nein«, in aller Ruhe lasse ich die Tropfen von meiner Jacke auf den Boden klopfen. »Einen Klopfer hast du draußen an der Tür montiert. Aber der ist für die Katz.«

Kein Rauch ohne Feuer

So rennen möchte ich können. Teddy genießt die Freiheit, spielt, balgt mit anderen Hunden. Der Rote Berg! Als kleines Mädchen bin ich mit meiner Mutter zu Fuß hierher gegangen, heute gehe ich mit zwei Enkelkindern und Hund. Der Rote Berg ist der Rote Berg geblieben. »Schau, Max, dort siehst du unsere Kirche.« Die Kirche interessiert ihn nicht besonders, aber: »Omi, dort raucht's! Ist das ein Raupfang?«

Rauch? In mir zieht sich alles zusammen. Die Erdäpfel! Habe ich den Herd abgedreht? Natürlich habe ich ihn abgedreht! Ganz mechanisch. Drum kann ich mich nicht erinnern. »Ja, ein ganz hoher Rauchfang ist das. Und das Wetter bleibt schön, weil der Rauch kerzengerade in die Höhe steigt.«

Das Erdäpfelwasser ist verdunstet, das weiße Email im Topf verfärbt sich dunkel. Die Schale beginnt zu verkohlen. Ich rieche schwarze Rauchschwaden. »Teddy, sitz!«, sagt Anika, das blonde, blauäugige, entzückendste aller Enkelmädchen. Der Rauch zieht durch den ganzen Raum. Rußflankerln hängen an den Vorhängen. Aber ich habe doch sicher abgedreht. Ich weiß es. Oder ich glaube, es zu wissen. Vielleicht sieht der Herr Lix, der immer alles so genau beobachtet, von der Straße die Flammen und verständigt die Feuerwehr!

»Omi tagt dich!« Anika umarmt meine Knie. Müde ist sie. »Ich mag noch dableiben!«, fordert Max. »Ein bisschen noch«, höre ich mich sagen. Jetzt ist es schon egal. Haben wir eigentlich eine Feuerversicherung? Der Computer explodiert. Alle Dateien sind verkohlt. Meine kleinen Glasvasen zerrinnen schmelzend. Die Teddybären stehen in Flammen. Nichts ist mehr zu sehen. Der Ruß hängt in der ganzen Wohnung.

»Omi, was gibt es zu essen?«»Fleischlaberl (die ruhen in Frieden im Kühlschrank) und –«, ich huste den Rauch aus meiner Kehle, »Erdäpfel.«»Däpfel gut«, kommentiert Anika und kommandiert:»Nunter!«»So, jetzt fahren wir aber.« Sicher habe ich abgedreht. Ich weiß es ja. Ich habe noch nie den Herd brennen lassen. Genauso wie ich das Bügeleisen immer ausstecke. Wie groß ist dann die Wahrscheinlichkeit, dass ich es heute doch vergessen habe? Dazu müsste ich eruieren, wie oft ich überhaupt schon Erdäpfel gekocht habe. Ein Einsatzfahrzeug ist weit und breit nicht zu sehen.»Tatüü, tatüü«, singt Max.»Omi, ich höre eine Feuerwehr.« Um Gottes Willen! Der Feuerwehrwagen ist nicht rot, es ist ein weißes Polizeiauto. Wir schleusen uns aus der Garage zum Aufzug. Im Haus ist es ganz still. Ich ziehe tief die Luft ein. Ich rieche Bodenputzmittel, aber keinen Rauch. Während ich den Schlüssel ins Schloss stecke, halte ich die Nase ganz nahe an den Spalt zwischen Tür und Türrahmen. Nichts. Vielleicht habe ich den Herd schwach gestellt, und die Erdäpfel sind nur ein bisschen verkohlt! Die Tür geht auf, alles erstrahlt in weißer Reinheit. Max läuft zum Herd.»Aber Omi, die Erdäpfel sind ja noch kalt.«»Wieder kalt«, will ich korrigieren, »Gott sei Dank!« Vorsichtig greift mein Zeigefinger in den Topf. Steinhart sind die Erdäpfel.

Max hat recht: Noch kalt sind sie, nicht schon wieder. Den Herd nicht abzudrehen, wäre gar nicht möglich gewesen.

In Gold gefasst

Erheblich erschwert wird die Suche durch den Umstand, dass sie, die Gesuchte, zum Zweck der Suche nicht zur Verfügung steht. Ihr Vorhandensein würde das Suchen erheblich erleichtern, zugleich aber auch erübrigen. Allerdings kommt es in den besten Familien vor, dass einer mit der Brille auf der Nase die Brille sucht.

»Wo ist meine Brille?« gehört bei uns zur Tagesordnung wie das Weiterwandern der Uhrzeiger. Ich habe in meine Ohren einen Filter eingebaut, der das Vordringen dieser Frage, bei aller Vordringlichkeit, zu meinem Gehirn verhindert. Manchmal sagt er auch zur Abkürzung des Verfahrens: »Wer weiß meine Brille?« – das Nonplusultra der Unlogik; wir wissen zwar, je älter wir werden, immer sicherer, dass wir nichts wissen. Aber dass wir eine Brille nicht wissen können, hat damit nichts zu tun.

Nun aber wird sich alles ändern. Der Sepp war beim Augenarzt und bekommt nun vier verschiedene Brillen, zwei zum Lesen und zwei zum Autofahren, zwei dunkel getönt und zwei klar wie Fenster. So denke ich, naiv wie ich bin, dass nun die Sucherei ein Ende hat, kann er doch zum Suchen einer Brille jeweils eine andere verwenden. Irrtum! Die im Laufe des Tages für das Brillensuchen vergeudete Zeit und Energie vervier-, nein, verfünffacht sich. Der Sepp kann sich nämlich auch von der guten alten Brille nicht trennen.

Im Gegensatz zu einem Edelstein ist bei einer Brille auch die Fassung von eigenem Wert, unter anderem als Kriterium der Unterscheidung zwischen mehreren: »die Goldene« ist die Fernbrille mit der goldenen Fassung, die Lesebrille ist »die Braune«.

(Ganz anders ist es bei mir: Dank meiner Kurzsichtigkeit brauche ich nur eine Brille, die ich auch nicht verlieren kann, weil ich ohne sie nicht existieren kann. Als ich die letzte neue abholte, schaute ich automatisch sofort in den Spiegel und sagte, begeistert von meinem Anblick: »Wunderbar!« Erst dann fragte der Optiker: »Und sehen können Sie auch etwas?«)

»Ha … be … d'je … re …« Ein bedächtiges Flüstern war es, ehrfürchtig staunend, jede Silbe auskostend. Hell wie das Klingeln der Geschäftstür strahlte der eintretende Kunde über die ungewohnte Begrüßung, verbeugte sich und erwiderte: »Ja … ebenfalls Habed'jere!« Der Sepp jedoch, um besser an ihm vorbeizusehen, beugte sich zur Seite, spähte nochmals durch die Glastür und las nochmals energisch bestätigend das Schild über dem gegenüberliegenden Lokal: «Habed'jere.«

Vor wenigen Minuten noch hatte er erklärt, dass er durch die alte Supermarkt-Brille alles verschwommen und wie durch einen Schleier sähe – was allerdings, wie der Korallen-Optiker in höflicher Beflissenheit andeutete, weniger auf die Stärke des Glases als auf dessen Verschmutzung und Zerkratzung zurückzuführen war – und nun stand er da, beglückt deutlich sehend: fassungslos.

»An welche Art von Fassung haben Sie gedacht?« Befreit von dem gewaltigen Gläserstärkeprobiergestell, das in seiner Art seit meiner Kindheit nichts an Unheimlichkeit verloren hatte, nahte die nächste Herausforderung. Ich deutete auf eine lila-pink gesprenkelte Schmetterlingsfassung mit Glitzer-Steinen. Sepp versuchte, mich mit einem Blick zu vernichten, was ihm aber nicht gelang, und sagte nach reiflicher Überlegung: »Ja, ich denke schon, eine Herrenfassung.«

Nach der 71. Anprobe kam Mitleid mit dem Korallenmenschen in mir auf, der in unerschütterlicher Munterkeit erklärte, dass der Sepp auf Grund seines Lebensalters nur 33 Prozent zahlen müsse.

Nach der 149. überlegte ich, ob ich den Korallenengel vielleicht ein wenig aus der Fassung bringen sollte, indem ich von unserer 102-jährigen Tante erzählte: Da sie alle paar Wochen eine neue Brille verordnet bekäme, könnte sie via »Koralle« zu einer kleinen Aufbesserung ihrer Rente gelangen. Die Flixiflex-Titan-Fassung, zwecks Veranschaulichung zu einer winzigen Spirale zusammengedreht, aus der zusammengeballten Faust in zwei Zehntelsekunden zur ursprünglichen Form herausschnalzend, wurde es dann – die ursprüngliche, erste richtige, geliebte Brille. Und heute sind es also fünf.

Das Geburtstagsessen beim »Habed'jere« verläuft harmonisch, weil der Sepp, meinem Hinweis folgend, dass er doch vier neue Brillen hätte, brav die alte ablegt und die elegant goldene aufsetzt. Dies ist auch der letzte Anhaltspunkt bei der Rückverfolgung des Brillenschicksals, als er zu Hause feststellt: »Ich habe nur vier!«

Jetzt heißt es auf alles gefasst sein. »Du wirst sie im Garten verloren haben, wie du den Felix (den Kater) aufgehoben hast.« Dank des Vorhandenseins von vier Restbrillen geht das Suchen nach der Taschenlampe zum Zwecke des Suchens der Goldenen im finsteren Garten relativ schnell. Der eigentliche Suchvorgang wird nach Oberpullendorf bis zum »Habed'jere« ausgedehnt. – »Du musst auch dort schauen, wo ich geparkt habe, vor der Koralle.« – und endet im Morgengrauen mit dem Beschluss: Eine neue muss her.

Dem Korallenengel gelingt es, ausfindig zu machen, dass in der Filiale 476 in Innsbruck doch noch ein Duplikat der verlorenen Fassung existiert. Auf der Bestellung wird

»Dringend!« vermerkt, die Versicherung instruiert, das Ihre dazu beizutragen.

Sepp trägt sein Schicksal mit Fassung.

Wohltuend ruhig ist es im Garten, und ich atme tief durch. Endlich komme ich zum wahren Genuss, zum Aufschreiben der ganzen Geschichte. Mit der unbestimmten Ahnung, dass es bei der ersten Fassung nicht bleiben wird. Da ist doch irgendein Geräusch, das nicht zur gewohnten Stille gehört. Meine Ohren führen meine Zehenspitzen. Ein Rasseln ist es, ein leises Klappern und Klirren. Durch einen Abstand zwischen zwei Stufen kann ich unter der Stiege Felix spielen sehen. Hat er eine Maus? Aber eine Maus klappert nicht und vor allem: glänzt und glitzert nicht.

»Was ist denn das – ?« Sepp starrt auf den Tisch. Ich halte ihm unseren Felix vor die Nase: »Der gehört in Gold gefasst!« »Das ist doch nicht zu fassen!« Fassungslos hält er die Brille mit der goldenen Fassung in der Hand.

Käse verschließt den Magen

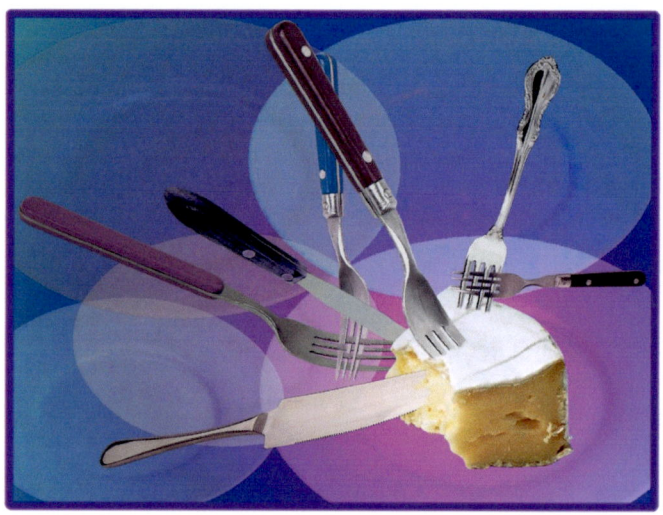

M ich leichtfertig von Dingen zu trennen, die ich nicht mehr brauche, war für mich nie ein Problem. Vor dreißig Jahren schon landete neben einer zerrissenen Strumpfhose und einem sich unter der Haut gefährlich verfärbenden Leberwurstrest auch eine von meinem Groß-vater geerbte Zuckerdose mit Vergissmeinnicht-Muster samt Deckel in der Mülltonne im Hof. Dass die Dose noch heute mein Auge und sie selbst sich meines wachsenden Wohlgefallens erfreut, verdanke ich dem Sepp, der, »nix verunehrend«, einen Kopfstand machte und das – mittler-weile auch an materiellem Wert steigende – Stück wieder herausholte.

In der guten alten Zeit, als der Sepp noch um sechs Uhr früh das Haus verließ, um seine ministrablen Pflichten zu erfüllen, mangelte es mir nicht an Gelegenheit, mich am siebten Mai von einem Stück Käse zu trennen, dessen Haltbarkeit am ersten Februar abgelaufen war. Dies än-derte sich schlagartig, als er sich in den wohlverdienten Ruhestand versetzen ließ: Nun hatte er endlich Zeit, im Sinne der Steigerung der Lebensqualität darauf zu ach-ten, dass in diesem bislang verschwenderisch geführten Haushalt nichts mehr verunehrt würde. Selbst wenn ich eine Chance witterte, weil er sich anschickte, im Burgen-land nach dem Rechten zu sehen, kam er mir in hinter-listiger Bauernschläue zuvor, nahm die speziellen Schätze aus dem Wiener Kühlschrank mit, um sie nicht verkom-men zu lassen, und verwahrte sie dort im Reserve-Kühlschrank im Keller, wo sie erst recht in Vergessenheit gerieten und sich erst bei ganz besonderen Anlässen selbst in Erinnerung riefen.

So ein Anlass ist der Besuch der Tante Brigitte, Sepps Schwester und somit meiner Schwägerin. Schluchzend und lachend wird das Schicksal der insgesamt sechs Töchter unter die Lupe genommen, lachend und schluchzend sind wir »Weiber« einig, in unserem nächsten Leben nicht mehr zu heiraten.

Sepp flüchtet sich in die Zubereitung des Nachtmahls, die er mit den Worten »Wollt's scho essen?« einleitet. Früher antwortete ich meist offen und ehrlich: »Nein, danke.« Man sollte doch glauben, Wiener und Burgenländer sprechen dieselbe Sprache. Weit gefehlt! Erst nach Jahrzehnten verstand ich, was »Wollt's scho essen?« in meine Sprache übersetzt bedeutet. Nämlich: Ich (ich!) habe Hunger.

Allerlei Köstlichkeiten trägt er auf einem gewaltigen Tableau (ein von seiner Mutter übernommenes Symbol für gehobene burgenländische Gastlichkeit) wie einen kostbaren Schatz vor sich her: eine Dose Thunfisch, einen halben Matjeshering, ein Stück kalte Blunzn und seine unvermeidliche Senftube, die keine Tube Senf, weil fast leer, ist. Aber verunehrt wird nichts. Ein Kornspitz und ein paar Scheiben Toastbrot ergänzen das Vier-Hauben-Menü. Das Tableau ist leer, die letzten Brösel sind mithilfe der angefeuchteten Fingerspitze im Mund gelandet. Da sagt der Sepp, schelmisch lächelnd zur Seite blickend, den Hals ein- und die Schultern hochgezogen: »Ich weiß was: Käse verschließt den Magen. Ich hab' unten – « bei dem Wort »unten« ziehen sich meine Blutgefäße ruckartig zusammen, um sich ebenso abrupt weit über das normale Maß auszudehnen, »ich hab' unten noch einen Camembert.« »Der ist doch abgelaufen«, versuche ich leise zu zischen. Sepp versteht mich natürlich nicht, aber die Tante fängt auf, was nicht für ihr Ohr bestimmt ist, und verwirft meinen Einwand mit einer Handbewegung ins Lächerliche: »Aber geh', da is er do erst richtig guat.« Gegen so viel Lebenserfahrung komme ich freilich nicht auf. Ungern gebe ich mich geschlagen. Darüber nachzudenken bleibt mir allerdings keine Zeit. Es geschieht etwas, das mich – wie immer klar denkend und den Verstand nicht verlierend – haarscharf überlegen lässt: Rettung! 122? 133? Nein 144! Von einer Sekunde zur anderen ist der Kopf der Tante Brigitte dunkelrot angelaufen. Sie würgt, hustet, verschluckt sich, erbleicht, errötet erneut. Warum nur hat sie uns verschwiegen, an Asthma und Erstickungsanfällen zu leiden! Äußerst unklug! Eine richtige Diagnose zu stellen, ist während des Anfalls sicher unmöglich!

Und der Sepp schmiert seelenruhig hingebungsvoll mit dem letzten Blunzenrest den Senf zusammen, während sie erneut in nie dagewesener Tiefe errötet und sich schließlich nicht anders zu helfen weiß, als das gerade noch mit Hingabe Gekaute auf den steinernen Terrassenboden fallen zu lassen. Da löst der Sepp nun doch den Blick vom Teller, rumpelt mit dem Sessel einen Meter zurück und schaut zu Boden. Er nimmt die Essbrille ab, setzt sie wieder auf, beugt sich hinunter, wirft die Brille auf den Tisch. »Das ist die falsche! Wo ist meine Fernsehbrille?« Natürlich nicht da. Also muss er ohne Brille seinen Augen trauen! Was sich da in den erbärmlichen Camembert-Überresten regt, bewegt, räkelt und krümmt, das sind doch tatsächlich –.

Die Kunst des Weglassens wird nicht nur beim Kochen geübt; auch ein wahrer Dichter hat sie zu beherrschen, um dem Leser Spielraum für die eigene Fantasie zu lassen.

Der Sepp hat also – wie seine Mutter, Gott hab sie selig, gesagt hätte – sein Lehrgeld bezahlt. Natürlich transportiert er weiterhin die köstlichen Reste aus dem Wiener Kühlschrank nach Dörfl in den Keller und manchmal auch wieder zurück. Aber: Bevor er am 19. August eine Packung Käse öffnet, auf der 29. Februar steht, dreht er sie dreimal hin und her, schaut mich an und fragt:»Manst, is der eh no guat?«

Der Befund

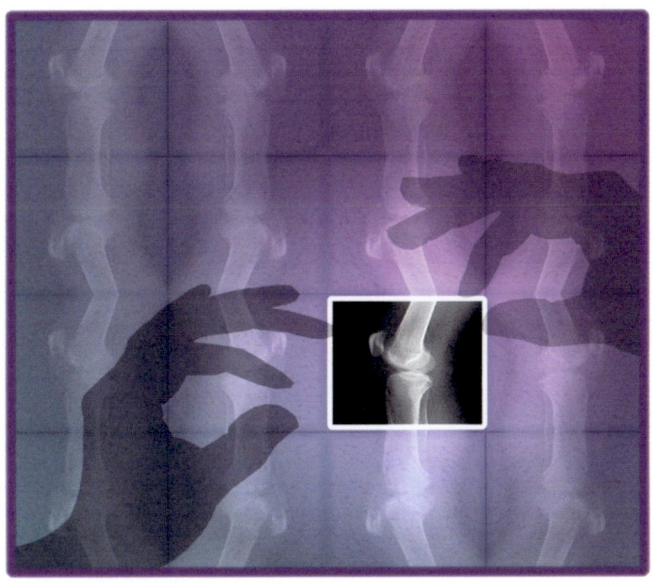

Siehst du irgendwo jemanden mit einer Kapuze?« (Seit 40 Jahren bemüht sich der Sepp, mir klarzumachen, es wäre Charaktersache, nicht unter Kälte zu leiden.) Ich krame in meinem Rucksack nach dem Taschenspiegel. »Was suchst du?« »Ich werde gleich jemanden mit einer Kapuze sehen«, erkläre ich dem Sepp. Ein kalter Winterwind pfeift um meine Nase. Ob auch andere eine Kapuze aufhaben, ist mir egal. »Siehst du irgendwo jemanden mit Sandalen?« Jetzt frage ich. Sepp geht mit Sandalen. Die Socken sind warm genug und Sandalen zwicken nicht. »Nein!« »Eben, aber dort drüben gehen drei mit Kapuze.«

Wir gehen gemeinsam den Befund holen. Sepp war gestern bei der Magnetresonanz. Wegen des linken Knies, das ihm, im Gegensatz zum rechten, nicht weh tut. Es ist bald fünf, und um fünf Uhr ist der Befund fertig. Hat man gesagt.

Der Empfangsraum im Ärztezentrum erinnert mich an eine Bahnhofshalle in den Sechzigerjahren: Wartende in Klappsesseln, endlose Schlangen vor den Schaltern. Sterile Gestelle mit Tausenden von Umschlägen in A1-Format. Irgendwann, während ich den Internetanschluss inspiziere, höre ich »3715«. Das ist Sepps Versicherungsnummer, genannt von einem die Wartezeit beendet fühlenden Aufatmenden. Und dann, es ist fünf nach fünf: »Halbe Stunde.« Die Weißgekleidete schwingt die Handflächen von innen nach oben und hebt das spitze Kinn nach links. Also die Kapuze wieder hinauf. »Da drüben ist ein ›Südmeer‹.«

Sepps Miene erhellt sich. Die Südmeeratmosphäre erinnert mich an ein Bahnhofsrestaurant der Fünfzigerjahre, aber drinnen ist es nicht kalt, und das Shrimpsbrötchen mit Pfiff nicht schlecht.

Um 17 Uhr 37 erklärt der Sepp: »Du wartest da. Ich gehe.« Zehn Minuten später sehe ich einen A1-Umschlag in der Südmeertür blinken und erwarte den Ausdruck der erfolgreichen Erledigung in Sepps Gesicht. »Wieder nur eine halbe Sache!«, lässt er sich auf den Sessel fallen. »Die CD-ROM fehlt!« Ein bisschen wundert es mich, dass der Orthopäde des Vertrauens eine musikalische Untermalung des Befundstudiums wünscht – doch privat ist halt privat. »Aber, sie schicken sie mir wenigstens zu, die CD.«

»Mein Name ist Dr. Gullner.« Nächster Morgen. »Ich möchte eine Störung melden. Ich versuche seit einer Stunde das Laboratorium zu erreichen. Aber es macht immer nur ›Tütütüüü … tütütüüü‹. Wie sagen Sie? Derzeit überlastet?«

»3715.« Eine Stunde später. »Ich habe nämlich zwei Adressen. Nein, nicht ins Burgenland. … 1140 Wien … Nächste Woche? … Ja danke!«

»3715.« Übernächster Morgen. »Haben Sie meine Knie-CD schon abgeschickt? Ich würde Sie sicherheitshalber doch gern persönlich abholen. … Morgen ab neun? … Ich bedanke mich höflich. Küss die Hand.«

»3715.« Überübernächster Morgen. »Gnädige Frau, ich wollte mich nur vergewissern, ob meine CD-ROM auch wirklich fertig ist. … Wie? Sie sind Ihnen ausgegangen. Das wundert mich aber sehr. Meine Frau hat immer genug CDs vorrätig. Ich wünsche sofort den Chef, ja, Herrn Dr. Krügl, zu sprechen. Wie? … 9149597. Vorwahl 01. Ich warte.« Das Telefon klingelt nicht.

»Hier Dr. Gullner. 3715. Sie haben vor einer Stunde gesagt, Sie rufen mich gleich zurück. Wie? Sie haben die CD gerade in der Hand? Soeben gebrannt? Warm ist sie noch?

Wie ist Ihr Name? Tatjana. Sehr schön. Bedanke mich höflich. Ich komme.«

Während sich der Sepp die Sandalen anzieht, klingelt das Telefon doch. »Was sagen Sie? Ihr CD-Brenner ist kaputt? Wie ist Ihr Name? Nadja? Weiß bei Ihnen die Rechte nicht, was die Linke tut? Eine Tatjana hat soeben behauptet, die CD brühwarm in der Hand zu halten. ... Einen anderen Brenner? Hören Sie, Frau Nathalie oder wie: Mir ist egal, auf welchem Brenner meine Befunde gebrannt werden. Ich will den Chef sprechen. Ja, Herrn Dr. Krügl ... Wie? Tatjana hat sie? Ich komme.«

In Sepps Abwesenheit habe ich nun alles bis zum aktuellen Stand aufgeschrieben und überlege gerade, ob ich die Geschichte, deren Glaubwürdigkeit sich aus dem Umstand ergibt, dass kein Mensch im Stande ist, Derartiges zu erfinden, nicht doch in dichterischer Freiheit ausschmücken könnte.

Erste Variante: Sepp nimmt die Knie-CD-ROM, aus dem Umschlag. Was mit dem DVD-Marker daraufgeschrieben ist, lautet nicht »3715 – Knie – Gullner«, sondern »4312 – Ellbogen – Pospisil«. Zweite Variante: Ich lege die CD ein, und es erklingt ein Charleston »Was machst du mit dem Knie, lieber Hans, beim Tanz?«.

Der Schlüssel an der Tür holt mich in die Wirklichkeit zurück. »Ich hab sie!« Die CD-Oberseite erstrahlt in unschuldigem Weiß, genau wie der Umschlag. Auf einem winzigen Etikett steht 3715 – Gullner – 68/11. »Aha«, sagt der Sepp ehrfürchtig, »das ist also meine Knie-Nummer.« »Das ist dein Lebensalter.« »Also, zeig her!« Die CD surrt in den PC. Arbeitsplatz. DVD-Laufwerk (F:). Die Sanduhr auf dem Bildschirm blinkt. Und jetzt muss ich wieder einmal blinzeln. Was steht da? »Beschreibbare, leere CD!« Also sagt der PC: »Knie o.B.«

Weg!

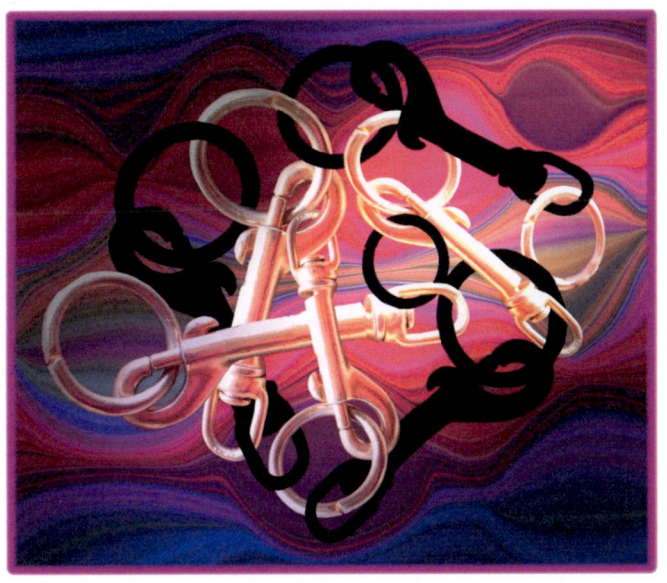

I m Grunde genommen«, denke ich wieder einmal, »ändert sich gar nichts.« Ich schiebe den Einkaufswagen vor mir her und rufe aus meinem Gedächtnis auf, was ich mir vorgenommen habe: Milch, Butter, Semmeln, Teddyfutter. Teddy sitzt draußen, artig, brav, angehängt, wachsam wartend. Und als kleines Mädchen ging ich mit der Milchkanne die Stiege hinunter und sagte, um ja nichts zu vergessen, vor mich hin: »Eineinhalb Liter Milch, ein Achtel Butter, zwei Semmeln, ein Packerl Germ.« Teddy gab es damals noch nicht, nur Schnurli, die Katze aus Bad Kreuzen, die in mir die Liebe zu Tieren geweckt hat. Wenn ich bei den Fruchtsäften um die Ecke biege und Richtung Kasse gehe, sehe ich Teddy gleich wieder, und er sieht mich auch. Dann nicke ich ihm zu: »Gleich bin ich wieder da!«, und er wedelt mit dem Schwanz. Manchmal bleibt auch jemand vor dem Geschäft stehen und fragt Teddy, was für ein gar so lieber Hund er denn sei, und ich strahle hinter der Kasse zu ihm hinaus. Nur zwei sind vor mir. Ich recke meinen Hals nach rechts, um mit Teddy Kontakt aufzunehmen. Ist meine Brille beschlagen? Habe ich negative Halluzinationen? Da ist kein Teddy zu sehen, überhaupt kein Hund. Ich verlängere meinen Hals noch ein Stück und blinzle. Nichts! Er ist entführt worden! Ich muss sofort die Polizei anrufen! Ist die Nummer hier in Altenmarkt auch 144, nein 133? Meine Rechte tastet an der Manteltasche. Das Handy habe ich mit. Oder ist er aus dem Halsband geschlüpft und allein nach Haus gelaufen? Zuzutrauen ist es ihm bei seiner Eigenwilligkeit, und nach Hause findet er von überall. Teddy ist weg.

Ich schiebe meinen Einkaufswagen mit Teddyfutter, Milch, Eiern und Semmeln dorthin, wo ein Schild »Durchfahrt verboten!« signalisiert.

Bevor die Frau an der Kasse »Da dürfen Sie nicht durch!« fertiggeschrien hat, bin ich es schon. Ein Glück, dass ich es trotz Daunenmantels schaffe. Mein Hund ist weg!

Die Tür geht automatisch auseinander. Links steht ein riesiger Metallgitterkorb mit Hundertern von Plüschosterhasen um vier Euro neunzig. An der obersten Stange habe ich ihn angehängt. Immer ist er sitzen geblieben. Immer hat er brav gewartet neben den Osterhasen. Jetzt ist er weg. Mein Teddy. Er hat sich selbstständig gemacht. Nein! Dann wäre ja die Leine noch da. Obwohl er einen so großen Kopf hat, kann er aus dem Halsband schlüpfen, wenn ihm etwas nicht passt. Also entführt. Aber er ist doch so starrköpfig. Er geht doch nicht, wenn er nicht will. Der Fleischhauer daneben! Einer hat dort etwas gekauft und ihn damit weggelockt. Hilflos schaue ich mich um. Da drüben ist er! Aber nein, der Hund hat viel längere Beine. Warum stehen die Autos alle? Und was ist mit den vielen Leuten da vorn? Ein Hund ist überfahren worden! Mein Teddy! Und der Sepp? Der wird sagen, ich bin schuld. Sein Ein und Alles war der Teddy. »Teddy!« Laut rufen will ich, aber ich schaffe nur ein hilfloses ersticktes Schluchzen.

»Schau, da ist ja die Omi!« Seit ich Großmutter bin, bin ich auch Teddys Omi. Die Autos beginnen zu wackeln, die Osterhasen drehen sich im Kreis. Eine kühle Nase berührt meine Hand. »Du hast ja noch gar nichts eingekauft!«, sagt der Sepp. »Und der Teddy hat so lange angehängt warten müssen. Ich war derweil schon mit ihm beim Bankomat.«

Der Probeschrei

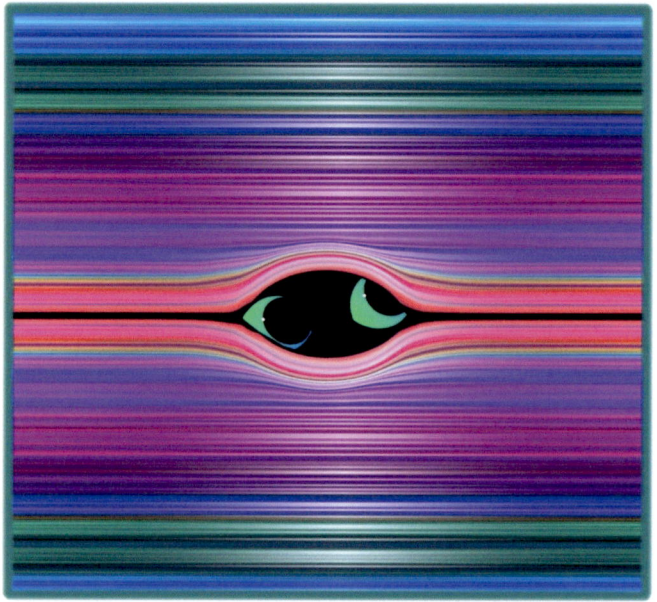

Der schrille Schrei fliegt durch den langen Garten, prallt an die Stadlwand und hallt verzerrt zurück. »Felix!« Der schrille Schrei ist ein Probeschrei. Ausprobieren muss ich, ob er auch wirklich kommt, Kater Felix Frechdax.

Vor wenigen Tagen musste ich erkennen, dass mein naiver Glaube, er würde das Areal unseres Gartens nicht verlassen, ein Irrglaube ist.

Teddy zog an der Leine. Er spürte, dass es bald 16 Uhr war und das Haus, in dem sein Mahl auf ihn wartete, nur mehr, an der Johanniskapelle vorbei, über die Brücke, den Bach entlang, etwa 300 Meter entfernt. Die Sonne schien und blendete, sodass ich zuerst nur einen schnellen Schatten erkennen konnte. Der schnelle Schatten sprang auf Teddy zu und umarmte seinen Kopf. Sieht fast aus wie Felix. Aber der ist ja zu Hause. Und dann durchzuckte mich wieder einmal der berühmte Schreck vom Scheitel bis zur Sohle: Würde eine fremde Katze Teddy freudig entgegenspringen, anstatt zu flüchten? Und würde Teddy eine fremde Katze in die Arme schließen, statt sie zu jagen?

»Gehst du sofort nach Hause!« Felix stellte den Schwanz auf, sah mich kurz von der Seite an und ging nicht nach Hause. Er verschwand im Esterhazy-Obstgarten. Also gut. Seelenruhig und gemütlich ließ ich mich von Teddy heimwärts ziehen, keinen Gedanken an den Schlimmling verschwendend. Als wir die Stiege hinaufgingen, erwartete er uns bereits vor der Tür.

»Felix!« Ich versuche es noch ein bisschen schriller. Nichts. »Felix!« Also wieder ein größerer Ausflug. Vielleicht findet er doch nicht zurück! Ist er auf die Bundesstraße gekommen? Oder hat ein Jäger –?

Das Telefon surrt. Ich melde mich ungehalten. »Ja hier spricht Felix …« – Wieso ruft er an? Und von wo? Und woher hat er ein Handy? – »… Lee. Ihr Gatte wollte mich sprechen.« Felix Lee, Professor Lee, Musiker. Felix Frechdax flitzt durch die Tür.

Die Bestattung

Drei Anrufe in Abwesenheit! Wer das nur wieder war? 770 … irgendwas … Ich kenne die Nummer nicht.« »Dann ruf doch zurück!« »Nein, nein.« Sepp schneidet Sellerie und Karotten in winzige Würfel. »Ich kann jetzt nicht. Aber du könntest in meinem Kalender nachschauen.« Mit »Kalender« ist natürlich das an den Kalender angeschlossene Telefonverzeichnis gemeint. Nie würde ich heimlich hineinschauen. Aber wenn er es ausdrücklich wünscht … naja … 770. Nein, da ist keine 770-Nummer. Aber was ist das? »Eferding« steht da, noch dazu in Blockschrift. EFERDING, meine kleine Lieblingsstadt inmitten von Kraut und Rüben, in der ich so gerne zwischen Wechselrückenblitzguss und Baldrianmelissenbad schlendere, wenn ich in Bad Mühllacken kneippe und das Wetter mich nicht zu den Fröschen am Badesee lockt. Eferding! Was hat Sepp mit Eferding zu tun!? Davor steht ein Wort in Schreibschrift: Bestattung. Mein Herzschlag setzt aus. Er nimmt mich also doch ernst! Er macht sich nur scheinbar lustig, wenn ich befürchte, beim nächsten Wechselrückenblitz einem Schockinfarkt zu erliegen. Und er will die Sache möglichst rasch hinter sich bringen, aha!, gleich von Eferding aus. Sehr aufschlussreich! Wo ist dort eigentlich der Friedhof? Ich habe noch keinen gesehen. Mein Herz holt die versäumten Schläge nach. Irgendetwas irritiert mich an der Grafik des Wortes »Bestattung«. Das Gekritzel heißt gar nicht »Bestattung«, da steht »Beschattung«! Beschattung? Er meint es also doch ernst! Er meint es also ernst, wenn er scheinbar scherzhaft fragt, ob ich mich endlich schon angemeldet habe beim Gemeindeamt in Mühllacken, und gespielt lachend verkündet, er wisse ganz genau, dass die Schwestern im Kloster nicht das Einzige sind, das mich mindestens einmal zu jeder Jahreszeit dorthin zieht.

Beschattung! Na warte! Ich habe noch nie bemerkt, dass ich beschattet werde. Unsinn! Ein Privatdetektiv hat sich nicht blicken zu lassen, hat im Schatten zu agieren. Beschattung! Und daneben ist noch etwas, wie üblich stenografiert: Winter. Das Kürzel daneben kann ich nicht entziffern. Im Winter will er also den Detektiv ausschicken.

Gepriesen sei das Internet. Ich google mich ein: Beschattung Eferding. Ha! Gefunden! »Bleiben Sie cool! Auch bei Sommerhitze im Wintergarten! Jalousien, Rollos, Markisen, Beschattungen. ... Eferding. E-Mail: ... Telefon: 0 ... 770.«

P. S.: Im vorigen Sommer hing der Haussegen ein paar Tage lang nicht so gerade wie gewöhnlich. Beim Zurückschieben der Deckenbeschattung im Wintergarten hatte ich das dafür bestimmte Stabinstrument gebrochen. Der Garantieschaden wurde aus Eferding nachgeliefert.

Endstation 47

Ich habe eine Weile überlegt, ob es taktisch klug ist, gesondert darauf hinzuweisen, dass alles, was ich erzähle, auch wirklich wahr ist. Unabhängig von meiner Erfahrung, bisweilen am wenigsten glaubwürdig zu sein, wenn ich der Wahrheit am nächsten komme, habe ich beschlossen, bei dieser Geschichte doch eine Vorwegerklärung abzugeben:

Was der Sepp, mich betreffend, als Klopfer bezeichnet, hatte ich schon als Kind. Allerdings wurde dieser mich später so beglückende Besitz damals anders umschrieben. Das Grätzl, in dem ich aufgewachsen und zur Schule gegangen bin, Lehrerin war und schließlich Schulleiterin geworden bin, befindet sich ganz in der Nähe des Ortes, der früher kurz als »Steinhof« bezeichnet wurde, heute aber korrekterweise »Psychiatrisches Krankenhaus Baumgartner Höhe« heißt. (Das ist, nebenbei, gut so: In den Fünfzigerjahren wurde ein dort Behandelter landläufig nicht als krank, sondern als »verrückt« angesehen.) Zum Steinhof gelangte man mit der Straßenbahnlinie 47. Wenn wir Kinder einander den Vogel zeigten, riefen wir meist dabei: »Endstation 47!«

Eine Volksschule mit musikalischem Schwung zu leiten, ist eine Herausforderung, die viel Begeisterungsfähigkeit abverlangt. Die Kraft dafür gibt das Leben in diesem Haus. Umso kraft- und daher begeisterungsloser verlaufen die Tage, in denen das Haus ausgestorben ist. Zum Bespiel die drei Tage nach Schulschluss, an denen der Leiter noch Kanzleidienst hat. Kein Singen, kein Schreien, kein Rennen, nur der eigene Schritt hallt durch den Gang, und das Telefon schrillt in die Leere.

Die Hitze brütet zum Fenster herein, alle Türen sind geöffnet, die Vorhänge blähen sich. Ein erfrischendes Lüftchen ist trotzdem nicht zu spüren. Lustlos, schläfrig, gelangweilt setze ich mich vor den Bildschirm, vergebens auf eine Erleuchtung wartend, starre ich geradeaus. Was mich plötzlich durchzuckt, meinen Herzschlag aufwirbelt, meinen Kopf aufweckt und meinen Bauch zusammenzieht, ist – ja was ist es? Da war doch eben – von mir nur, weil seitlich links, aus den Augenwinkeln wahrgenommen – ein Schatten an der Tür!? Ich klappe die Augen zu, um zu erkennen, was ich gesehen habe. Ein Mann war es. Ein großer Mann. Hell. Eigenartig hell. Fast hellrosa. Der Mann war nackt. Splitternackt!

Ohne zu denken, springe ich auf. Der Schreibtischsessel poltert um, die Lehrerzimmertür – dem Himmel sei Dank! von außen nicht zu öffnen – knallt zu. An der Kanzleitür steckt – Gott sei Dank – innen der Schlüssel. Auch das Fenster wird verriegelt. 122! »Feuerwehr! Was kann ich …« »Entschuldigung, ich wollte die Polizei!« »Ganz ruhig, gnä' Frau. Polizei: 133!« 133. »Polizei!« »Bei mir in der Schule ist ein nackter Mann.« Ich weiß, dass mich der Polizist kennt, von der Verkehrserziehung und so. Und: Er lacht nicht. »Lassen Sie alles versperrt. Wir kommen gleich.« Ich stelle mich zum Fenster und halte Ausschau. Jetzt weiß ich es: Der Sepp hat recht. Ich habe einen Klopfer. Und ich habe Hitzehalluzinationen. Natürlich. Ich habe mir alles nur eingebildet. Morgen steht in der Zeitung: Hysterische Schulleiterin übergeschnappt. Halluziniert. Die kommen nicht. Kein Fahrzeug weit und breit. Natürlich. Die wissen ganz genau, dass da nichts war. Wie kann ich mir auch nur einbilden, dass ein nackter … 133 – Polizei. 122 – Feuer! Schrei. 144 – Rettung hier. 155 – auf die Strümpf. 166 – alte Hex. 177 – Kraut und Rüben. 188 – wär' doch gelacht.

44

199 – nur herein! 11010 – kannst wieder gehen. Da sind sie! Zwei Polizisten. Sie winken zu mir herauf. »Wir gehen jetzt durchs ganze Haus. Sperren Sie hinter uns wieder zu. Kann eine Weile dauern.« Die nehmen mich ernst. Ich nütze die »Weile«, um den Sepp im Ministerium anzurufen.

»Bei mir in der Schule ist ein nackter Mann!« »Mir scheint!«, sagt der Sepp. »Mir scheint« bedeutet so viel wie früher »Endstation 47«. »Hast du keine anderen Sorgen! Ich muss zu einer Sitzung.« Knacks. Die I-Kanzlei! Die Elise ist immer so freundlich, so herzlich, so verständnisvoll. »Bei mir in der Schule ist ein nackter Mann!« Elise lacht schallend. Gesponnen hat sie ja schon immer, die Roswitha. »Weißt du was«, Elises Tonfall ist beruhigend, ein wenig Mitleid schwingt auch mit. »Ich rufe dich später zurück.« Wenn du wieder normal bist. Die Töchter! Die werden mich verstehen. Ich versuche es in ansteigender Reihenfolge. Erst die älteste hebt ab. »Ma, du musst die Polizei anrufen!« Endlich jemand, der mich ernst nimmt. »Soll ich kommen?« Es klopft an der Tür. »Sie können ruhig aufmachen; wir haben ihn!« Auf der Stiege sitzt ein Mann, in eine Decke eingehüllt. »Das ist seit gestern Abend der dritte. Heute war Vollmond.«

So einfach und schnell ist die Sache für die Polizei erledigt. Nicht für mich. Den Nachmittag verbringe ich lachend, in der Nacht zerbreche ich mir den Kopf, wie ein Mann nackt bei Tageslicht den immerhin etwa einen Kilometer langen Weg von der »Endstation 47« zur Schule zurücklegen kann. Gar nicht, wie sich am Morgen herausstellt. »Frau Direktor, ich muss Sie etwas fragen.« Der Herr Schulwart bringt die Post. »Gestern ist vor meiner Tür (unten im Parterre, die Kanzlei ist im ersten Stock) eine Menge Gewand gelegen und ein Packerl Mannerschnitten. Und gerochen hat es nach 4711.«

Wie man sich bettet ...

... und schuld ...« Obwohl ich meine Augen weit aufreiße und gleichsam spüren kann, wie sich meine Pupillen weiten, kann ich nichts sehen, absolut nichts. Der durch den Schreck verursachte Adrenalinausstoß lässt mein Herz heftig klopfen und Gedankenansätze verworren durch meinen Kopf flitzen. Wo bin ich?

»... und schuld ...«, höre ich den Sepp da nochmals lautstark verkünden. Ich drehe mich auf den Rücken und überlege, woran ich wohl in aller Herrgottsfrühe schon wieder schuld sein sollte. Denn schuld – die kriminalistischen Ermittlungen des Schuldzuweisers sind kein verschlungenes Labyrinth, sondern eine schnurgerade, ohne komplizierte Denkvorgänge befahrbare Einbahnstraße – schuld bin immer ich.

Während ich anfange, vor Hammer, Amboss und Steigbügel meinen heimlich installierten Filter hochzufahren, der die Weiterleitung psychisch belastender Schuldzuweisungen an das Gehirn blockiert, muss ich überrascht aufhorchen. »... und schuld ...«, spricht der Sepp ganz deutlich, »schuld ist der Polster«, und bemüht sich in keiner Weise, seinem Gesicht nicht anmerken zu lassen, woran: Übernächtigt sieht er aus, leidend, kränklich, unausgeschlafen. »Ich brauche einen neuen Polster!«

Als Bestätigung des eben gefassten Entschlusses schlägt er mit geballter Faust auf die ihm in schweigender Unterwürfigkeit dienende nächtliche Kopfunterlage ein.

Da wir nun 40 Jahre verheiratet sind, weiß ich, dass ich vor mindestens 39 Jahren begonnen habe, den Sepp immer wieder zu fragen, ob er nicht einen neuen Polster brauche. »Für mich ist es schon gut«, ist die von seiner Mutter übernommene Diktion, mit der er voll Stolz auf seine Bescheidenheit verweist.

Zehn Minuten vor neun und somit zehn Minuten vor dem Augenblick, in dem das Holländische Träumeland seine Pforten verheißungsvoll öffnen würde, geht der Sepp, die Hände am Rücken gefaltet, entschlossen ausschreitend, durch die Glastür spähend, auf und ab. Ein eisiger Novemberwind bläst um meine Nase, und ich presse meinen Polster schützend und Wärme suchend vor Bauch und Brust. »Deinen nimmst du mit«, hat der Sepp befohlen, »als Muster!«

Kauflustig wandern wir durch die endlos lange und unendlich hohe Polsterallee. In dem naiven Glauben, mich rasch dem Ziel zu nähern, tupfe ich jedes erreichbare holländische Kissen übermütig flüchtig mit dem Zeigefinger an, um seine Elastizität und Härte zu testen. Nach etwa zehn Sekunden fasse ich einen Zipf des auserwählten Objekts und ziehe es siegessicher heraus. Mir fällt auf, dass der sich so fantastisch anfühlende Polster zusätzlich mit einer bemerkenswerten Hülle schmückt: Die Kanten sind mit einem feinkarierten bunten Bändchen eingefasst. Sehr hübsch!

»Nein, nein«, sagt der Sepp, »so schnell geht das nicht«, reißt mir beide – den mir eigenen und den eben auserwählten Polster – aus den Armen, eilt suchend ans Ende der langen Allee und wirft beide auf das dort als besondere Okkasion ausgestellte holländische Bett. Den ersten Faustschlag erleidet mein Polster, wehrlos, wie er ist, den zweiten, zum Vergleich, der neue.

»Zu weich!« lautet das lautstarke Gutachten, das durch die Halle hallt. Die Vasen in der Gläserallee klirren bebend, und die Wimpern der Verkäuferinnen, beide blutjunge unschuldige Geschöpfe, zucken.

In den folgenden 90 Minuten eilt der Sepp, immer neue Polster herbeischaffend, durch die Allee Richtung Bett und probiert jeden einzelnen gewissenhaft aus, indem er ihn auf die dafür vorgesehene Stelle legt und dann sich selbst dazu, zunächst auf den Rücken, dann jeweils abwechselnd zwei- bis dreimal auf die linke und auf die rechte Seite.

Während sich meine Augen und somit auch mein Herz an diversen Weihnachtshäferln ergötzen, vernehme ich, wie der Sepp, wieder einmal auf das krachende Bett plumpsend, für sich selbst das Zwischenergebnis der vorangegangenen Untersuchungen festhält: »Ich will den härtesten und teuersten.«

Ich bete, dass die Schnittmenge aus der Menge der härtesten und der Menge der teuersten Polster nicht mehr, aber auch nicht weniger als ein Element enthält. Denn: Gäbe es mehrere, entstünden sogleich neuerliche Wahlqualen. Gar nicht auszudenken aber wäre es, wenn die Menge der härtesten Polster und die Menge der teuersten kein gemeinsames Element enthielten. Wofür würde sich der Sepp dann entscheiden? Für den teuersten aus der Menge der härtesten oder für den härtesten aus der Menge der teuersten? Und wer, vor allem, würde ihm bei dieser Entscheidung zur Seite stehen? Die Zwetschkenkrampusse beginnen sich um mich zu drehen und singen im Walzertakt »Oh Tannenbaum«, so lange, bis die Armbewegung, mit der der Sepp einen inhaltsschweren Plastiksack packt und umschlingt, deutlicher als alle Worte sagt, dass die Polsterwahl erfolgreich getroffen ist. »Und morgen tauschst du ihn um«, versuche ich zu beweisen, dass ich mir die Lust, zu scherzen, nicht so leicht nehmen lasse.

Nicht so leicht nehmen lasse ich mir glücklicherweise auch nach wie vor das Gewappnetsein für Überraschungen. Scheint doch der Sepp am nächsten Morgen tatsächlich Humor beweisen zu wollen. Mit Blutdruck 90 zu 60 tappe ich, mich ohne Brille weitertastend, durchs Haus und höre nur verschwommen: »Er ist zu hart.« Nach dem ersten Schluck Kaffee, nehme ich mir vor, werde ich über seinen Scherz lächeln.

Während ich jedoch das Häferl, in der Absicht, mir den zweiten Schluck zu gönnen, an die Lippen führe, friert mein Lächeln trotz des aufsteigenden Dampfes ein. Der Tonfall hat nichts Witziges an sich: »Den tausche ich um. Bei dem sinkt ja der Kopf überhaupt nicht ein. Und deinen nimmst du wieder mit. Zum Vergleich.«

Freilich. Mit weiblicher List würde es mir leicht gelingen, die holländischen Träumeland-Verkäufer umtauschbereit zu stimmen. Aber: Das ist Sepps Angelegenheit. Während ich mich im Schein der relativen Unschuld sonne, erbleicht das wahrhaft unschuldige Geschöpf hinter der Kassa und stammelt etwas von »Hygiene-Artikel«. Der zu sprechen gewünschte Geschäftsführer sei derzeit nicht erreichbar. »Das Holländische Träumeland sieht mich nie wieder!«

Meine Stunde ist gekommen. Ich stecke mein Biedermeierinternetkabel, das ich jedes Mal entknäueln und sodann durchs ganze Haus ziehen muss, an der Telefonsteckdose ein, und sogleich erstrahlt die bläuliche Träumeland-Homepage. »Polsterumtausch möglich?« gebe ich ein, und schon ist die Antwort da: »Bei Beschwerden über angekaufte Artikel wenden Sie sich an die nächstliegende Filiale.« Also verknäuele ich das Kabel wieder, um das Telefon benützen zu können. »Wenn sich ein Mann meldet, rede ich, wenn sich eine Frau meldet, du.«

»Begrüße Sie«, sagte der Sepp, »mein Name ist Dr. Gullner und ich war Beamter im Unterrichtsministerium – im österreichischen natürlich. Nun, ich habe folgendes Problem.« Brav meinen Anweisungen folgend, erzählt er von seiner (tatsächlich existierenden) uralten Tante, die er als treusorgender Neffe bei sich beherberge. Damit begibt er sich bereits auf das Glatteis der Unwahrheit, denn die Tante weilt jedes Jahr genau drei Tage, um den großen Frauentag am 15. August, bei uns.

»Sie verstehen sicher, dass eine 90-Jährige ... Entschuldigen Sie, meine Frau unterbricht mich immer. Ja richtig: 94 ist sie schon. Nein, nicht zu weich ist der Polster, zu hart.« Ich mache es mir vor meinem Bildschirm gemütlich und beginne, eine Polstergeschichte zu schreiben. Das Klappern meiner Fingernägel auf den leise knacksenden Tasten wird von Leas Schnurren untermalt. Meine Gedanken und meine Finger eilen, die Welt um mich versinkt.

Das Telefon höre ich nicht, aber den Sepp: »Sie machen mal die große Ausnahme. Nimm deinen Polster und komm!« Auf dem Träumeland-Parkplatz drücke ich meinen Polster dem Sepp an die Brust, um ungehindert vorauseilen zu können. Zwischen zwei Steppdecken-Bergen finde ich eines der unschuldigen Geschöpfe. Mein Mund ist erst halb geöffnet. Bleichgesichtig und stechäugig sagt sie: »Das macht der Herr Benedikt.«

Herr Benedikt ist etwa 16einhalb Jahre und hat nun die Möglichkeit, sein psychologisches Verkaufstalent zu beweisen. Der ihm zur Verfügung stehende Wortschatz besteht aus: »Ja natürlich!«, »Selbstverständlich!«, »Ganz wie Sie wünschen!«, »Ja gerne!« und »Kein Problem!«

Ich will mich gerade wieder mit den Zwetschkenkrampussen unterhalten, da stößt Sepp einen abgrundtiefen Seufzer der Erleichterung aus: »Das ist er!« Was er da so inniglich umarmt, ist freilich ein Sonderexemplar von Polster: Die Kanten sind mit einem feinkarierten bunten Bändchen eingefasst. Sehr hübsch!

Am Abend, in aller Stille, gönne ich mir den Genuss, die Geschichte weiterzuschreiben. Da reißt mich ein lautes Plumpsen aus meinen Träumeland-Gedanken. Aber das

Bett ist noch ganz. Der Sepp hat nur ausprobiert, wie weit der Polster dem Gewicht seines Kopfes nachgibt.

»Siehst du«, verkündet er strahlend, »wie man sich bettet, so liegt man.«

P.S.:
Ende der Lesung. Einer der Zuhörer steht auf und spricht: »Ich möchte Ihnen ein Geheimnis verraten, das auch meine Frau noch nicht kennt: Der Polster aus dem Holländischen Träumeland befindet sich im Keller. Ich schlafe wieder auf dem alten. Für mich ist er schon gut.«

Quidquid id est

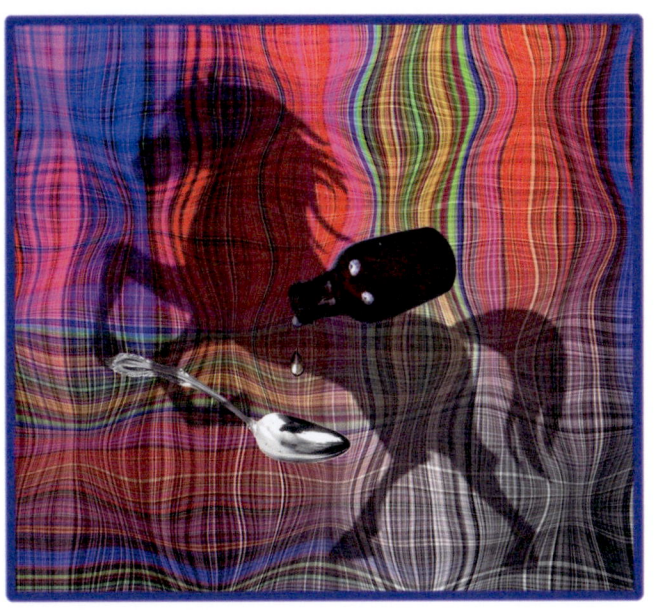

Es ist tatsächlich ein Wiehern. Kein Krähen, kein Meckern, kein vertrautes Blöken – ein lautes Wiehern. Weder sitze ich hoch zu Ross, noch ist der Rücken eines Pferdes für mich ein Ort des Glückes. Auch das Pferd meiner Kreativität, das bisweilen mit mir durchgeht, meine schäumend wilde Fantasie, kann es nicht sein. Denn: Geblüht hat sie schon oft, gewiehert noch nie.

Da ist es wieder, hallt wider, hüllt mich ein, engt mich ein. Hilflos schlage ich mit den Armen um mich. In einem riesigen Hohlraum befinde ich mich, meine Finger klopfen auf Holz. Allein bin ich nicht. Einer der 40 bin ich, Leonteus. Troja. Quidquid id est timeo …

Ja, ich fürchte mich vor dem durchdringenden dröhnenden Wiehern. Weglaufen will ich, mir die Ohren zuhalten. Aber plötzlich ist da noch ein anderes, ein sanftes, tröstendes, verhaltenes Wiehern, nicht um mich herum, sondern ganz nahe neben mir. Ebenfalls aus Holz ist das Pferd, aber zart und klein und doch im Stande, mich nicht nur in die Stadt zu bringen, sondern über jeden Abgrund zu tragen. Es gibt mir Halt und lässt mich schweben: mein Steckenpferd. Neben Vögeln und Schmetterlingen, Hund und Katze mein liebster, treuester Hausgenosse, der meine Alltagssuppe würzt, die Zeit verkürzt, meine Lebensgeister weckt, hervorholt, was in mir steckt, mich zwingt zu schaffen und zu tun, dass Kopf und Hände niemals ruhn, mich beglückt, verzückt, verrückt.

Sanft streiche ich über seinen weichen Kopf, und vorsichtig blinzelnd sehe ich, dass der Himmel nicht mehr ganz dunkel ist. Aber die ernüchternde Helligkeit des Tages ist noch beruhigend weit entfernt. Also drehe ich mich um, mache die Augen zu und träume weiter.

Als besondere Geburtstagsüberraschung und als Beweis seiner nach 40 Jahren unerschütterten Zuneigung unterzieht sich Sepp einer Rosskur gegen das Schnarchen. Allerdings weist der Arzt seines Vertrauens darauf hin, dass in drei Prozent der bisher registrierten Fälle das Schnarchgeräusch nicht gelöscht, sondern durch ein anderes ersetzt wurde.

»So gut wie heute habe ich noch nie geschlafen«, gähnt Sepp eine Stunde später. »Ich habe gestern deine Beruhigungstropfen gefunden«, erklärt er in einem Ton, als würde er behaupten: »Du hast ja einen Sack Golddukaten in der Zuckerdose versteckt.«

Beruhigungstropfen? Wo, woher und vor allem wozu sollte ich Beruhigungstropfen haben? Er ist es, der sich immer so gern beruhigen will, beruhigende Musik hört, das Licht ausschaltet, zur weiteren Beruhigung eine Kerze anzündet und mich mit erhobenen Händen anfleht, mich doch endlich auch zu beruhigen.

Aber ich will mich nicht beruhigen. Übermütig springen und galoppieren soll mein Steckenpferd.

Mitten auf dem Tisch steht das kleine Schachterl, grün und rot, giftgrün und fliegenpilzrot. Ich sehe und höre mich unserem Tierarzt in ebenso schillernden Farben Teddys Angst vor dem Autofahren schildern. Hund Teddy ist fünf Jahre alt, die Tropfen daher mindestens vier. Unter der Schrift »Beruhigung« ist als Erstes in Form eines schwarzen Scherenschnittes ein Pferd abgebildet.

»Das sind Pferdetropfen«, sage ich ernst und sachlich, wie es meine Art ist, »und abgelaufen sind sie 2003.« »Das ist mir egal«, sagt der Sepp, die Rossnatur. »Und wie hast du geschlafen?« »Nicht so gut. Du hast zu laut gewiehert.«

Im Weißen Rössl

Während Sigismund, der nichts dafür kann, dass er so schön ist, das lispelnde Klärchen anhimmelt: »Die ganze Welt ist himmelblau, …«, tanzen vier, unten mit einer Mini-Lederhose, oben einzig und allein mit deren Trägern bekleidete Dirnderln, die gestreckten Beine nach Cancan-Manier hochschwingend, einen Bandltanz. Die »Bandln« sprangen eben aus dem neongiftgrün befransten Helm des Kaisers heraus, nachdem dieser, vom gesamten Publikum mit der Haydn-Hymne begrüßt, sich nach langem Überlegen endlich erinnerte, was er eigentlich sagen wollte: »Es war sehr schön. Es hat mich sehr gefreut.«

»Eine Persiflage«, hat mir der Sepp erklärt. Wir sitzen in der vorvorletzten Reihe unter dem Balkon. Wenn ich den rechten Ellbogen verrücke, stoße ich an eine Holzwand, die Knie bewegen kann ich nicht. Vor dem Sepp lacht einer, der, falls seine Proportionen stimmen, auf Grund seines Kopfumfanges zwei Meter 40 groß sein muss. Die Frau vor mir scheint etwas kleiner zu sein, verfügt dafür aber über eine in alle Richtungen 20 Zentimeter vom Kopf abstehende Kräuselmähne. Trotzdem: Ich werde genießen. Ist eigentlich bald Vollmond? Der Sepp scheint von einer eigenartigen Unruhe und inneren Anspannung geplagt zu werden.

»Es muss was Wunderbares sein«,
so mit befreiten Zehen
und ausgestreckten Beinen
zu schauen und zu sehen.

»Ich könnt nichts Schöneres mir denken«,
als ohne Kopfverrenken
nur mit der Seele zu baumeln,
im Glück zu taumeln … Oh Schreck!
Der Sepp:
ist weg!
»Zuaschaun kann i net!«

Sepps Klappsitz poltert, die Köpfe der Rundumsitzenden rücken weg vom Zahlkellner Leopold hin zu dem abrupt Aufspringenden. Kopfschüttelnd erhebt sich die ganze Reihe. Er macht sich dünn, entschuldigt sich und verschwindet unwahrscheinlich schnell im Dunkeln. »Aber zuaschaun, aber zuaschaun …« Ach ja! Das Bier! Wir waren vorher beim Chinesen.

»Im Salzkammerguat, da kann ma guat lustig sein …
Es blüht der Holunder den ganzen Sommer mitunter.«
Doch mit einem Mal da wird mir klar,
wie es ist, wenn du um deinen Schatz bangst,
denn der hat ja Platzangst,
und die hat er schon vierzig Jahr,
seit im Aufzug er steckte
und der sich nicht bewegte.
Wie fing er da zu schwitzen an!
Es blüht der Holunder,
und es ist gar kein Wunder,
dass er eingeengt, eingezwängt,
eingezwickt, z'sammgedrückt
hier neben mir nicht sitzen kann.

»Wissen Sie«, erklärt der Sepp in der glücklicherweise bald eintretenden Pause dem Billeteur, »ich leide an Klaustrophobie.«

»Aber meine Herrschaft'n«:
In Reihe drei
ist noch was frei –
fußfrei!
Wenn ich will, kann ich mit den Beinen Rad fahren
und mit den Armen rudern.

»Mein Liebeslied muss ein Walzer sein!«

»Es muss was Wunderbares sein«,
jetzt muss ich nicht mehr schwitzen,
»denn meine Liebe, die ist dein.«
Kann ohne Platzangst sitzen,
mit ausgestreckten Beinen,
kann lachen und kann weinen.

»And it's so wonderful to dream«,
dass i die Rösslwirtin bin,
entspannt zurückgelehnt.
Oh Schreck,
der Sepp:
Er gähnt.

»Die ganze Welt ist himmelblau,
wenn ich in deine Augen schau.«

Sepps Lider bewegen sich langsam auf und ab, allmählich
immer langsamer und immer mehr ab.

»My little world is heavenblue.«
Und jetzt
hat er
sie zu.

Gehör geschenkt

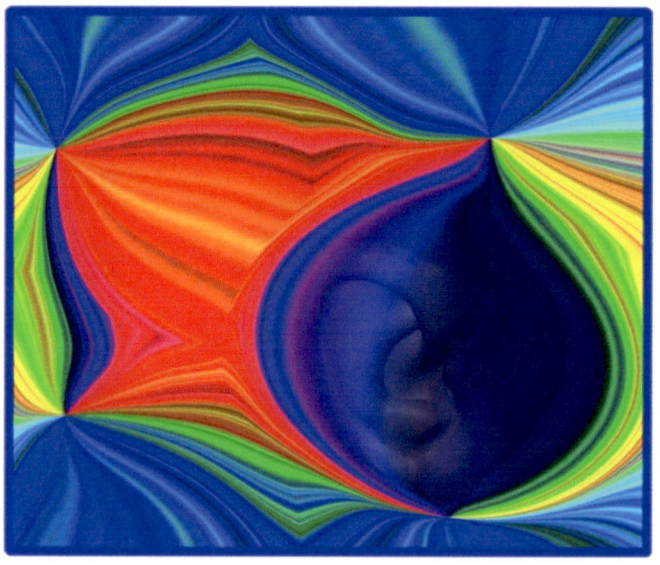

U nerhört!«, spricht der Sepp, unüberhörbar laut. »Das ist doch wirklich unerhört, zu behaupten, ich wäre schuld, dass die Karfiolsuppe keine Karfiolcreme-, sondern eine Karfiolbrockensuppe geworden ist. Gekocht hast du.«

Seine Faust knallt auf den Tisch. Kater Felix sucht das Weite. »Erstens«, sage ich »bist du trotzdem schuld. Zweitens: ›Unerhört‹ ist richtig.« Sepp versucht die Verwunderung über mein scheinbares Eingeständnis hinter niedergeschlagenen Lidern zu verbergen. Ich setze fort: »Ja, unerhört. Ich bin unerhört, weil du mich nicht erhörst, mir nicht zuhörst, überhörst, was ich sage, mich gar nicht hören willst. Und darum bist du schuld.«

»Hör endlich auf! Wer soll denn das verstehen.« »Du. Wir waren doch vorgestern am Markt (Jahrmarkt in OP). Dort habe ich dir gesagt, was mein sehnlichster Wunsch zum 40. Hochzeitstag wäre.« »Und?« »Ein Stabmixer. Aber du hast mich nicht erhört.« »Umfallen soll ich, wenn ich lüge«, erbleicht der Sepp, »aber das habe ich nicht gehört.« Er fällt nicht um, und die Karfiolsuppe ist nicht ungenießbar.

Ein Genuss ganz anderer Art ist es, mit Kater Felix auf dem Schoß, zweiglattzweiverkehrt, eine Decke für die kleine Anika zu stricken und dabei ausnahmsweise nicht im Kopf an einem Gedicht zu werken, sondern …

Meine Bauchmuskeln beginnen zu zucken, meine Schultern wackeln, zwei Maschen fallen hinunter, zuerst ziehe ich die Lippen ganz fest ein, aber dann platzt es aus mir heraus. Die angehende Decke landet auf dem Teppich, ich halte meinen Bauch, biege und krümme mich. »Was lachst du denn so! Ich erleide einen bleibenden Hörschaden«, schreckt der Sepp aus seinem Fernsehdösen auf. Mühsam artikuliere ich: »So ein komischer Krimi ist doch etwas Fantastisches. Hör doch zu!«

»Ich verstehe ja nichts«, versinkt der Sepp in Selbstmitleid. Fairerweise muss ich mir eingestehen, dass auch ich die Zusammenhänge nicht ganz verstehe. Aber hören kann ich alles. Und Sepp eben nicht.

Aber nun wird wieder einmal alles anders. Ich habe meinen Stabmixer zwar (noch!) nicht bekommen, aber Sepp bekam ein Geschenk von mir.

Wenn Sepp Forcher musizierend die Enns entlangtanzt, wispert (mein) Sepp in ehrfürchtiger Verzückung: »So ein schöner Fluss!« Und das Attribut »schön« gilt weniger den Farben und dem Glitzern des Wassers als dem von Zitherklängen untermalten Plätschern und Rauschen. Wenn aber ich das Bedürfnis habe, ihm ein Anliegen vorzutragen, muss ich mich zwischen ihn und den Fernseher drängen und solange mit beiden Armen um mich schlagen, bis er einen der beiden durch einen Viersiebtelbogen verbundenen, schwarzen Kegelstümpfe vom Ohr abhebt und, die nur von ihm zu hörenden Geräusche überbietend, ungehalten fragt, was denn nun schon wieder sei.

Wenn er aber während eines Actionthrillers in die Küche geht, um sich eine Stärkung zu holen, brauche ich ihm gar nicht nachzurufen, dass er mir etwas mitbringen soll. Es nützt mir nichts, zur Kommunikationserleichterung im Zimmer den Ton auszuschalten; Sepp in der Küche hört weiterhin Reifen quietschen und Schüsse knallen.

Nur manchmal, wenn der selbst für seinen Kopf überdimensionale schwarze Bogen beim Hineinbeugen in den Kühlschrank nach vorne auf seine Nase kippt, nimmt er die Kopfhörer ab. Dann kracht und gramelt der Thriller via Küche ins Wohnzimmer zurück.

»Na so was!«, staunt der Sepp »Was es heut' schon alles gibt: Althgrün Hörgeräte. Hast du das gewusst?« Wohlweislich verschweige ich, dass ich bereits sämtliche Althgrün-Werbevariationen auswendig kenne, und sage nur ganz bescheiden: »Ja. Schon.«

»Ich nicht«, spricht der Sepp, nimmt die gewichtigen schwarzen Kegelstümpfe samt Verbindungsbogen vom Kopf und erklärt, das aus ihnen Herauskrachende an Lautstärke überbietend:

»Naja. Früher habe ich ja nichts gehört.«

Rachenputzer

P ass auf …«, sagt der Sepp – wie seit 13 Jahren etwa zweimal im Monat und in jüngster Zeit, seit auch wir gesundheitsbewusst öfter Fisch essen, zweimal in der Woche. »Pass auf, dass du …«

Ein wahres Prachtexemplar war es, wofür unser Nachbar damals beim Verteilen seiner viel zu großen Ausbeute dankbare Abnehmer fand. Schwager und Schwägerin hatten ihren Besuch angesagt und fieberten bereits dem von Sepp verheißungsvoll angekündigten Genuss des Karpfens entgegen. Meines ersten übrigens. Misstrauisch glotzte mich sein linkes Auge aus der riesigen Pfanne an. Der Duft frisch gerösteter Petersilie zog sich bereits durchs Haus. Keine Ahnung hatte ich, wie lange so ein Riese in der Pfanne liegen musste. Also probierte ich ab und zu in unbeobachteten Momenten an einer später nicht zu erkennenden Stelle, wie es ihm denn so ging – dem Karpfen. Hervorragend ging es ihm, und so ging das Probieren allmählich in ein immer wieder neues Bestätigen des Urteils über. Man könnte auch sagen: Naschen.

Genau das war auch Sepps Diktion, nachdem ich vergeblich Knäckebrot, Karotten und Sauerkraut geschluckt hatte, um das Kratzen in meinem Hals, genauer gesagt, den das Kratzen verursachenden Gegenstand zu entfernen, und schließlich das Ablegen eines Geständnisses als geringeres Übel erkannte. »Kann's no schnaufen?« Wer ihn nicht besser kannte, hätte meinen können, Schwager Heinrich hätte kein Herz. Schnaufen konnte ich, aber das mit so viel Liebe bereitete Mahl genießen können würde ich nicht. Also rief der Sepp in seiner Not – denn es war inzwischen seine Not, so ein g'naschtiges Weib zu haben, das ihm durch Unbeherrschtheit den Tag verpatzte – seinen Hausarzt und Jugendfreund Tischler an.

»Hält sie was aus?«, hörte ich diesen sich zu einer Therapiemöglichkeit vortasten. »Ja!«, brüllte ich, stand doch der lebende Beweis dafür telefonierend vor mir.

Einen kleinen Spiegel, wie ich ihn bisher nur vom Zahnarzt kannte, erwärmte er mit der Flamme eines Feuerzeugs und kommentierte sein Tun mit den Worten: »Das macht man so.« Dem Tonfall nach zu schließen weniger eine Erklärung für mich, als eine Bestätigung der Richtigkeit seines Tuns für ihn selbst. Zum Kratzen im Hals kam nun das nicht gerade wohltuende Hantieren mit dem Spiegel, hin und her, auf und ab durch den Rachen, beendet mit der Diagnose Tischlers, er könne nichts sehen. Schon war ich bereit, mich an ein lebenslängliches Rachenkratzen zu gewöhnen, da war es mit einem Mal weg, verschwunden, weggeblasen.

»Sehen Sie«, belehrte mich der Medizinalrat, »so kann man auch durch unkontrolliertes Manipulieren etwas bewirken.«

»Pass auf«, sagt der Sepp also, durch Erfahrung weise geworden. »Pass ja auf, dass du keine Gräte schluckst! Das wär was«, fügt er, nach so vielen Jahren über seine damalige Not lächelnd, hinzu und räuspert sich. Ich schwelge in meinen Kochkünsten. Nach dem vierten Räuspern entschließe ich mich, ihm wieder einmal mein Allergiepulver zu empfehlen. Aber er springt auf, lässt mich allein mit meinem Karpfengenuss und kehrt wieder, Karotten in der Hand, Knäckebrot kauend.

»Nichts. Was soll sein?«, antwortet er auf meine ahnungsschwangere Frage und widmet sich weiter den Karotten.

Die hoffnungsvolle Erwartung, die bei jedem bedächtigen Schlucken, den Kopf nach vorne ziehend, in seinen Augen aufblitzt, verblasst ganz langsam. Genauso langsam, aber sicher kühlt das knusprige Stück Fisch auf seinem Teller unbeachtet aus. »Das halte ich nicht aus. Ich fahre in die Ambulanz!« Und natürlich könne er das allein. So eine Lappalie.

Also setze ich mich hin und fange an, eine Karpfengeschichte zu schreiben. Tapferkeit und Heldenhaftigkeit sind in Sepps Gesicht zu lesen. Fast zwei Stunden war er aus, und er hat alles gut überstanden: ein Team von fünf oder sechs Ärzten, mindestens drei Schwestern, OP-Saal, Lokalanästhesie, Schlauch schlucken, Lob der Schwestern, Diagnose: Magen gefüllt, und vor allem: Nun wisse er, dass auch eine Endoskopie halb so schlimm sei.

»Und?« Ich bin ganz vorsichtig. »Was und? Ach so: Zuerst habe ich geglaubt, sie ist weg, aber jetzt, wo die lokale Betäubung nachlässt …« Zur Bestätigung folgt ein mehrmaliges energisches Räuspern mit dem Unterton der Erfolglosigkeit. »Sie konnten nichts finden.« Zum Trost mache mich an die Zubereitung eines Tomatensalates. Mit dem Pfeffer zu sparen, zählt nicht zu meinen Tugenden, schon gar nicht während einer Gedenksekunde an Tischlers unkontrolliertes Manipulieren. Zwecks psychischer Verarbeitung der überstandenen Tortur, vielleicht aber auch mit einem Rest an Hoffnung, die hartnäckig steckende Gräte doch noch mitreißen zu können, schlingt der Sepp etliche Gabeln voll in sich hinein, was auf Grund meiner Würzung mit einem heftigen Hustenanfall endet.

Das Ergebnis liegt nicht auf der Hand, sondern auf dem Fußboden.

Hoch hinauf

In der silbernen Wand vor mir spiegelt sich grell die tief-stehende Oktobersonne. Dahinter ist es still, lautlos still, umheimlich still. Nichts. Kein Anzeichen von Bewegung. Ich drücke nochmals, obwohl das rote Licht bereits leuch-tet – unaufhörlich, unerschütterlich. Die Beute in meinem Rucksack ist leicht, aber inhaltsschwer: Einen ganzen gol-denen Herbsttag habe ich darin. Noch immer nichts. Gleich werde ich die Bilder anschauen. Direkt mit der Kamera, oder besser am Bildschirm. Habe ich den Kartenleser über-haupt mit? Unsinn, den brauche ich ja nicht mehr. Ein rot-gelbes Boot spiegelt sich in der Donau, ein rotblaugelbes Zerrbild. Wahrscheinlich mache ich einen Ausschnitt. Soll ich doch zu Fuß gehen? Aber irgendwann muss er ja kom-men. Mittlerweile bin ich der Kopf einer Schlange, einer stummen, regungslosen geduldigen Warteschlange. Der wilde Wein an der Donau leuchtet dunkelrot. Vielleicht muss ich den Kontrast etwas verstärken, das Rot vertiefen? Oder eine kleine Spur Richtung violett gehen? Was ist das? Ein Rumpeln! Nein, es ist mein Herz, das pumpert. Doch! Da ist noch ein anderes Poltern. Stürzt er ab? Wieder abso-lute Stille – nicht nur vor, auch hinter mir. In gespannter Erwartung zuckt die Schlange mit keiner Wimper. Da! Ein Zischen, Brausen, Surren. Vielleicht doch? Über den Umweg durch das Stiegenhaus ist zu hören, dass im ersten Stock ein Etagenfachfrauwagen aus dem Aufzug geschoben wird. Scheppern und Klirren übertönt das Rumpeln. Das rote Licht der Hoffnung ist ausgegangen. Ich drücke nochmals. Als Kopf einer Schlange gebe ich nicht auf. Nichts. Oder? Der Schlangenschwanz ist abgefallen. Wieder geht das Licht aus. Und dann: ein Summen und Stille. Die silbernen Türen bleiben verschlossen. Noch immer spiegeln sie die Oktobersonne. Morgen fahre ich wieder in die Exlau, ganz nach hinten. Dort ist es ganz still, aber ganz anders als hier. Steckengeblieben ist er! Dass ich darauf nicht früher gekommen bin!

Jetzt heißt es kaltblütig überlegen: Was geschieht, wenn der darin Steckende an Angiophobie leidet? Ist da nicht dumpf ein Hilfeschrei zu hören? Da trommelt doch jemand mit beiden Fäusten an – ja von innen – an die Aufzugwand, stampft eindeutig mit dem Fuß. Bekommt er keine Luft mehr? Aber die hinter mir Stehenden sollte ich nicht beunruhigen. Also schaue ich weiter nach vorn und fange an, ganz harmlos und gelassen »Amazing Grace« vor mich herzusummen. Und wenn ich einmal steckenbleibe, was tue ich dann? Ich setze mich auf den Boden und denke an die Exlau. Das beharrliche Schweigen hinter mir bestätigt meine Vermutung. Also summe ich hartnäckig weiter: »Blind war ich einst ...« Wie war das damals? Da ist doch in einem Jugendstilhaus im siebten Bezirk ein Aufzug abgestürzt. Tatsächlich: Zwischen den zusammenstoßenden Türen bildet sich ein Abstand, eins Komma zwei Millimeter breit, und verschwindet wieder. Soll ich doch zu Fuß gehen? Nein, da entsteht wieder ein Spalt, diesmal drei Millimeter breit. Ein Lichtstrahl leuchtet durch und verschwindet wieder. Ein sanftes Rumpeln noch, und dann: Die Tür öffnet sich voll und ganz und weit. Ein Seufzer der Erleichterung zieht sich durch die Schlange. Ich hebe den rechten Fuß, aber er bleibt auf halbem Weg stecken. Als ich Kind war, haben wir »Versteinere dich« gespielt. Wieder eine Wand, eine helle, hölzerne. Von oben bis unten, von links bis rechts, von vorne bis hinten ist der Innenraum mit Kisten gefüllt, aus deren Mitte dumpf verändert, aber doch unverkennbar die Stimme Schwester Baptistas zu erkennen ist: »Ein kleines bisschen Geduld noch, ich muss die Blumenzwiebeln in den Keller bringen.« Zu sind die Türen. Die Schlange erstarrt im Totstellreflex.

Ich drehe meinen Kopf zurück. Kein Mensch ist da. Ich gehe zu Fuß. Der rote wilde Wein wartet.

Die Premiere

Was für ein herrlicher Tag!«, spricht der Sepp und lässt seinen Blick voller Wohlgefallen über den makellos blauen Himmel schweifen. Ich hüpfe in den Abstellraum, hole das duftigste, leichteste Regenbogenschmetterlingskleid hervor und hänge es auf den Balkon, wo seine hauchzarten Flügel lautlos im leichten Sommerwind flattern. »Endlich!«, setzt der Sepp fort, »wo es so viele Jahre immer geregnet hat.« Viele Jahre ununterbrochen geregnet hat es freilich nicht; es hat während vieler Jahre an einem ganz bestimmten Tag geregnet – wider alle durch Prophezeiungen via Radio und Fernsehen geweckte Erwartungen.

Es ist bereits Tradition: Kaum haben die Ferien begonnen, klingelt das Telefon in besonders feierlichem Ton: Rosalinde, Gattin von Sepps verehrtem Freund, Dr. Johann C., seines Zeichens Notar in M., wohnhaft in J., teilt uns ihre große Freude darüber mit, uns auch in diesem Jahr zur Premiere der Burg-Spiele in K. einladen zu dürfen. Allerdings: Im Laufe der Jahre ist meine Begeisterung für Freilichtaufführungen immer kleiner geworden; der liebe Gott, behütenden Auges auf die Burg K. blickend, hat nämlich beschlossen, den Schauspielern, unabhängig vom Premierenfieber, eine weitere Chance zu geben, ihre Nervenkraft zu beweisen. Das Bangen setzt spätestens eine halbe Stunde nach Beginn der Vorstellung mit dem Fallen der ersten Regentropfen ein. Noch vor der Pause flüchtet das Publikum mit übereinander geschichteten, sich miteinander verhaspelnden aufgespannten Schirmen. Voriges Jahr kamen wir erst beim dritten Anlauf in den Genuss des ganzen Dramas.

Aber heute wird alles anders: »Was für ein herrlicher Tag!« Die Bienen umsummen mein Schmetterlingskleid. Vor dem Mittagessen entdecke ich, wohlweislich nichts sagend, ein paar nichtssagende weiße Wölkchen. Sepps Kommentar: »Was für herrliche Schönwetterwolken!«

Ich gehe auf den Balkon und tausche stillschweigend mein Schmetterlingskleid gegen ein ebenfalls sommerliches, aber hochgeschlossenes aus. Um 20 Uhr soll das große Ereignis programmgemäß starten, erfahrungsgemäß um etwa 20 Uhr 30. Also beschließe ich, mich kurz hinzulegen, um die Kunst ausgeruht umso besser genießen zu können. Statt eines süßen wird mir jedoch ein Albtraum beschert: Es schüttet in Strömen. Aufschreckend kann ich jedoch erleichtert aufseufzen. Von Regen keine Rede, nur im Westen ein paar schwarze Wolken. »Was für ein herrlicher Sonnenschein!« Ich gehe auf den Balkon, in der Absicht, mein hochgeschlossenes Sommerkleid gegen ein frühlingshaft wirkendes Wollkleid auszutauschen. Vom Blau des Himmels ist nichts mehr zu sehen. Das Kleid landet im rechten hinteren Kastenwinkel, die Jeans und den dicken Pullover werfe ich aufs Bett. »Gott sei Dank regnet es jetzt und nicht in eineinhalb Stunden«, meint unerschütterlich optimistisch der Sepp. Schwere Tropfen klatschen aufs Balkondach. Meine Winterjacke hängt bereits im Vorzimmer. Um halb acht werden wir das Haus verlassen. Um 19 Uhr 29 färben sich die Wolken bedrohlich gelblich und lassen übererbsengroße Hagelkörner fallen. »Gott sei Dank«, spotte ich, »hagelt es jetzt.« Um 19 Uhr 37 ruft der Sepp von draußen: »Es hat aufgehört!«, und spannt zur Bestätigung seiner Aussage den größten zur Verfügung stehenden Regenschirm auf. Ich schlüpfe in die Winterjacke, verhasple mich im Ärmel, ziehe die Kapuze über den

Kopf, klemme die zusammengerollte Decke unter den Arm und versuche mich mit kühnen Sprüngen über die Lachen möglichst trocken ins Auto zu retten. »Es wird hell!« Sepps Euphorie bewirkt meinerseits eine abrupte Notbremsung, als deren weitere Folge mir das irgendwo unter der Kapuze angesammelte Wasser kalt über den Rücken rinnt.

Glück im Unglück: In diesem Jahr finden wir einen Parkplatz, der nur etwa 1300 Meter vom Premieren-Eingang entfernt ist. Bleibt mir also genug Zeit, zu entdecken, dass die Gesamtmenge der pilgernden Besucher zwei sich vehement voneinander unterscheidende Teilmengen enthält: Die eine – vorzugsweise Damen, Idealisten und Träumer – stolziert hoch erhobenen Hauptes mit tief dekoltierten Schmetterlingskleidern den Regen negierend. Die andere – bestehend aus premierenerfahrenen Realisten – schreitet gramgebeugt unter einem bereits daheim übergestülpten unförmigen Regenschutz. Um 20 Uhr 50 kann mit fantastischem Optimismus behauptet werden, dass es nicht regnet. Das Ereignis kann beginnen. In die Decke eingewickelt, sitze ich weich und warm. Die Füße bewegen kann ich nicht, weil auf dem Bretterboden unsere Regenschirme schwimmen. Die Köpfe der Zuschauer rücken verzückt hin und her. Plötzlich sehe ich den euphorisch singenden Hauptdarsteller verschwommen; etwas ist auf meine Brille geklatscht. Alles erstarrt. Kein Kopf bewegt sich mehr, kein Ohr spitzt sich, keine Wimper zuckt. Es darf, nein, es darf kein zweiter Tropfen folgen! Beim 23. Tropfen setzt ein verhaltenes Rascheln von Wetterhexen und Plastik-Regenumhängen ein. Während automatisch öffnende Knirpse, sich untereinander schichtend, in die Höhe knallen, verkündet der Regisseur, dass die Vorstellung in 15 Minuten fortgesetzt wird, dann sei der Regen vorbei. Premieren-Pause also. Der Sepp prostet seinem Freund, Dr. Johann C. in Dankbarkeit mit vollem Glase zu. Auch die Sessel sind inhaltsschwer: Auf Grund der konvexen Wölbung schätze ich die Wasseransammlung auf jeweils eins Komma drei Liter. »Meine Damen und Herren! Wir haben die Bühne und Ihre Sessel trocken gewischt!« Wieder sitze ich weich, allerdings weniger warm. Da der Sepp zu meinen Gunsten auf seine Decke verzichtet, habe ich auf dem Schoß einen triefenden Riesenklumpen. Lachen muss ich trotzdem; ich denke an die Geschichte, die ich schreiben werde. Eine wahrhaft erfrischende Aufführung!

»Prost!«

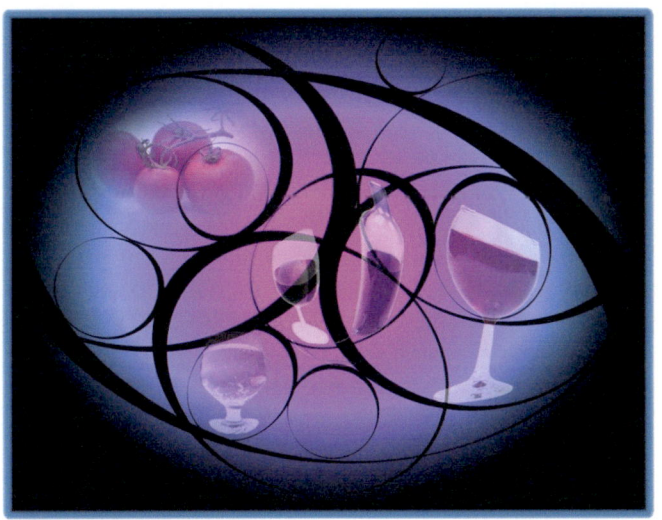

W eißt du was«, sage ich zum Sepp. Er blättert seelenruhig in der Zeitung, reagiert, wie angenommen,
in keiner Weise auf meinen Vorschlag. Er nimmt wohl an,
dass es sich um etwas wie Spinatkochen oder Teddy-Spazie-
rengehen handelt. Der Arme kann ja auch nicht ahnen, mit
welch lang trainierter Gehirnakrobatik ich meine Ankün-
digung vorbereitet habe. Ich liebe es, meinen Tagesablauf
bis ins kleinste Detail zu planen; den Plan einzuhalten, gibt
mir Halt. Optisch habe ich ihn vor mir wie ein Bauwerk aus
aufgestellten Dominosteinen, welches bis zur Vollendung
mühelos zu korrigieren und zu ändern ist und einem ver-
winkelten Labyrinth mit einem Haupt- und zahllosen Ne-
bengängen gleicht; dies in Anbetracht meines Lasters, bezie-
hungsweise meiner besonderen Fähigkeit (Ansichtssache!),
immer, zumindest in Gedanken, mehrere Dinge zugleich zu
tun. Nicht nur Putzen und Kochen, das ist ja selbstverständlich; ich genieße die Freiheit, mit dem Besen in der Hand
schnell die Paar Zeilen zu notieren, die mir in der Nacht
eingefallen sind, in die Mailbox zu gucken, eine Tochter anzurufen, im Weiterkehren das Schmetterlingskleid aus der
Seide zu entwerfen, die ich gestern gekauft habe oder (natürlich im Kopf) die Noten der eben erklingenden schwungvollen Polkamelodie zu notieren. Gefährlich wird es allerdings, wenn jemand versucht, meine Kreise zu stören, das
heißt, zum Beispiel einen Stein zu verrücken. Dann kann es
sein, dass mein ganzes Bauwerk zusammenfällt.
    Und nun habe ich beschlossen, die Standfestigkeit meiner

Steine derart zu trainieren, dass sie bei einer harmlosen Veränderung nicht gleich alle aus dem Gleichgewicht geraten. »Weißt du was«, sage ich also wohlüberlegt, »wir könnten ins Blaue fahren.« Dem Sepp fällt die Zeitung aus der Hand. »Was willst du?« Der durch die Luft geschwungene Köder trifft auf die Wasseroberfläche. »Und –«, ich lasse jeden einzelnen Laut auf der Zunge zergehen, »wir suchen uns einen netten Mostheurigen.« »Das ist ja ganz neu, dass du dich in die Ungewissheit stürzt.« Er hat angebissen.

Dass Personen und Ablauf des folgenden Geschehens frei erfunden und Ähnlichkeiten rein zufällig sind, möchte ich nicht behaupten. Bisweilen passiert es, dass ich im Kopf bereits zu schreiben beginne, während die Sache ihren Lauf nimmt. Ich wittere nicht nur, dass ich meiner Fantasie eine Ruhepause gönnen darf; ich fühle mich verpflichtet, sie in den Keller zu sperren, um ihr Blühen zu unterbinden. Zudem gönne ich mir das Vergnügen, heimlich ins Fäustchen zu lachen: Der nüchtern-prägnante Tatsachenbericht wird im Leser den Eindruck maßloser Übertreibung erwecken. »Aha«, sagt der Sepp wohlgefällig, »der eine Bruder hat mir damals den Kasten von der dicken Hedwig restauriert.« Das »Blaue« hat vor einem winzigen Lokal geendet, wo vor zehn Jahren noch der Fuchs »Gute Nacht« gesagt hat. In der unausgesprochenen, uns vereinenden Annahme, dass jemand, der den Kasten der Hedwig perfekt restaurieren, auch vorbildlich ein Lokal führen kann, treten wir erwartungsfroh ein und werden sogleich in unserer Zuversicht bestätigt. »Schau, der Rezö!«, frohlockt der Sepp. Herr Rezö führt in OP ein Stoffgeschäft und weiß daher, wo man gut isst. Den etwas säuerlichen Ausdruck in seinem Gesicht schreibe ich einer Meinungsdiskrepanz mit seiner Gattin zu. Kaum sitzen wir gemütlich unter in der Abendsonne leuchtenden Äpfeln, springt auch schon ein etwa 14-jähriger Kindmann, als Zeichen seiner bereits erworbenen Kellner-Routine die Bleistiftspitze in den Block bohrend, auf uns zu und piepst hüftenwackelnd: »Wollen Sie etwas trinken?« Als spontane Reaktion sendet mein Gehirn an meinen Mund den Auftrag, provokant »Nein!« zu sagen. Fehlt mir wirklich ein Getränk zu meinem Glück? Reicht nicht die pannonische Abendstimmung, das Grillenzirpen auf den Feldern vor dem strahlenden Himmel? Der Sepp aber, der erstens akustisch nicht alles so genau versteht, zweitens es nicht im Blut hat, auf der logischen Korrektheit sprachlicher Formulierungen herumzureiten, sich daher auch oft viel leichter tut als ich, hat die Frage »Wollen Sie etwas trinken?« als »Was wollen Sie trinken?« verstanden und bestellt gut gelaunt: »Zwei Most gespritzt!« Entspannt lehne ich mich zurück, und schon hüpft ein weiterer Kindmann auf mich zu, ruft fröhlich: »Zwei Krügel, die Herrschaften!«, wobei er beim schwungvollen Ausholen mit dem ganzen Arm nicht, wie befürchtet, meine Brille durch die Luft sausen lässt, sondern nur meine Haare streift. »Nein! Nein!«, wehrt der Sepp sanft ab. Der Bursche springt weiter zum nächsten Tisch und preist dort seine Ware an. Während ich genüsslich überlege, von welchem Standpunkt aus sich die rotbackigen Äpfel am besten fotografieren ließen, sehe ich Herrn Rezö unmutig-entschlossenen Schrittes vorbeieilen und den erstbesten, mit einem schwankenden Tableau beladenen Jüngling mit festem Griff aufhalten. Zunächst glaube ich, aus dem, was ich höre, erste Anzeichen von Senilität zu erkennen. »Entschuldigen Sie«, sagt der Rezö nämlich, wobei das Säuerliche, das zuerst nur in seinem Gesicht zu sehen war, nun auch in der Stimme zu hören ist, »ist hier Selbstbedienung?« Meine Vermutung wird jedoch sogleich revidiert. Während das Tableau, auf dem ich in meinem unerschütterlichen Optimismus unseren Most zu erkennen glaube, immer bedrohlicher schwankt, pocht er auf seine Uhr: »Wir warten nämlich schon genau 53 Minuten.« Rezö verschwindet aus meinem Blickfeld, denn das Bestellte wird auf unseren Tisch gestellt. Ob es auch das Gewünschte ist, fange ich an zu bezweifeln. Da fehlt doch etwas beim Anblick der Gläser! Natürlich: der trübe Beschlag, der einen kühlen, frischen Trunk verheißt. »Der Most ist warm«, verzieht der Sepp sein Gesicht – »Dann bist du wenigstens morgen nicht heiser!« – und blickt missbilligend zur Seite, wo einer der Jungmänner einen Zettel vor sich her fächelt und dabei suchenden Blicks »Äh, äh, äh« in ansteigender Tonfolge summt. Aus dem suchenden Blick wird ein erkennender; der Platz für die Rechnung ist gefunden. Jedes Mal, wenn ich nun mein Glas hebe, muss ich sie festhalten, damit sie nicht im Abendlüftchen davonflattert.

Aus den Augenwinkeln sehe ich erneut Herrn Rezös energisches Vorbeischreiten. »Braucht ihr noch ein Brot?«, blickt der Sepp gönnerhaft hilfreich in das leere Körberl. »Nein! Aber zum Schinken ein Besteck!« Was das Timing betrifft, scheinen wir mehr Glück zu haben: Plötzlich sehe ich einen Teller vor mir. Jungmann Nummer zwei entwickelt eine andere Methode der Rechnungsaufbewahrung. Gekonnt flink dreht er das Papier zusammen und steckt es in das Glas, aus dem ich erst einen (warmen) Schluck genommen habe. »Oh!«, entschlüpft es seinen Lippen, er fischt das Papier wieder heraus, beugt sich vor, um mir treuherzig in die Augen schauen zu können – »macht es Ihnen was aus?« – und steckt den Zettel zum ersten unter das Glas.

Eine Antwort spare ich mir, bemerke ich doch, dass ich an einer akuten Sehstörung leide. Der Mozarella-Tomaten-Teller erscheint mit nicht rot-weiß-rot, sondern graubraun. Mit einem Messer in der Hand zerrt Herr Rezö einen der Kellner-Buben zu unserem Tisch und zischt: »Einen Apfelstrudel hat meine Frau bestellt, da hinten!« Plötzlich und unerwartet wird es mir dann doch rot-weiß-rot vor den Augen, genauer gesagt rot-weiß-rot-dunkelgraubraun. Mein Lieblingsgericht schwimmt in einem halben Liter Kürbiskernölmarinade mit Balsamicoessig. Der Überschuss an Feuchtigkeit wird allerdings ausgeglichen: mit 20 Dekagramm grüngräulich staubender Kräuter.

Lang hat der Abend gedauert, länger als geplant. Den morgigen Abend werde ich im eigenen Obstgarten verbringen – ohne Mozarella, Tomaten und Most. Denn ich habe alles, was ich zum Glücklichsein brauche: Stoff zum Schreiben. Und sogar noch mehr: Trotz zeitlicher Verschiebungen ist mein Dominostein-Labyrinth nicht zusammengefallen.

Der Technik Tücken

In meinen auf der Tastatur umherhüpfenden Fingerspitzen vibriert die Freude, die Vorfreude auf das Schmunzeln, Kichern, Lächeln, Lachen meiner Gäste. Ich weiß, sie werden lachen. Genauso wie ich beim Produzieren des Films: als mir mitten in der Nacht endlich die Erleuchtung kam, wie ich den Wecker – die Hauptperson – dazu bringe, sich um die eigene Achse zu drehen. Mit einer Schnur an der Deckenbeleuchtung aufhängen, die Bilder im Hintergrund abnehmen, die Schnur fest eindrehen, und der Wecker dreht sich ganz von selbst. (Ihn liegend zum Drehen zu bringen, war einfacher; dafür brauchte ich nur ein Klavierstockerl.) Meine Vision von den tanzenden Bildern ist wahr geworden. Der riesige Wecker im Kupfergehäuse tanzt den – von mir verrückten – Kaiserwalzer. Ein »Kaiserwecker« sozusagen.

Die DVDs liegen wohl geordnet bereit. Ich weiß, dass sie funktionieren. Wie oft habe ich sie angesehen? Eine Kontrolle ist überflüssig. Aber: Meine hüpfenden Finger verselbstständigen sich. Die Kaiser-DVD verschwindet in ihrem Fach. Ein leises Knacksen. Aber was ist das? Wieso ist da kein Summen? Sekundenbruchteile dehnen sich, werden gespannt zu ungewisser Länge, zur Ewigkeit?, zum Zerreißen gespannt. Er nimmt sie nicht an! Ich kann sie nicht abspielen. Ich kann sie nicht vorführen. Ich muss die Veranstaltung absagen. Ah! Da ist es, das Summen. Der Seufzer der Erleichterung lässt die Papierblätter auf dem Tisch erschrocken aufflattern. Ich lehne mich zurück –

»DVD-Film ansehen?« – und drücke auf »OK«. Gott sei Dank, das Bild ist da! Der Wecker ist gerade violett und wiegt die Hüften. Aber – das ist ja mittendrin! Das ist nicht der Anfang. Wieso wird der Film nicht von Anfang an gespielt? Die DVD ist kaputt. Alles umsonst. Nein nicht ganz. Ich kann noch schnell eine neue brennen. Aber vielleicht geht sie doch. Heraus mit dir. Das Bild verschwindet. Und wieder hinein. DVD-Film ansehen? OK. Der Wecker wiegt schon wieder die Hüften, statt erst einmal unsichtbar im Finstern zu ticken. Nochmals heraus.

Wie viele leere DVDs habe ich eigentlich noch? Das Brennen dauert mindestens 20 Minuten. Einmal probier ich's noch. DVD-Film ansehen? Ich seufze flehend: »OK!« Was steht da? »Titelmenü«? Ich Trottel! Der Mauspfeil wandert zum Titelmenü. Knacks. In der Finsternis beginnt ein Wecker zu ticken … . Ich weiß, sie werden kichern, grinsen, lächeln, lachen, vielleicht sogar den Kaiserwalzer mitsummen.

»Brauchen Sie etwas, Frau Gullner?« Ich brauche nichts. Ich weiß ja, wie's geht. Ich weiß, wie ich den Beamer mit dem Notebook verbinden muss. Ich weiß, wie ich die Lautsprecher anschließe. Und dann füllt das Bild die ganze Wand und die Musik den ganzen Saal.

Es dauert immer eine Weile, bis das Bild erscheint. Ich ziehe inzwischen die Vorhänge zu, seelenruhig und gelassen. Die Weile wird immer länger. Kein Bild! Nichts. Auf dem Notebook-Bildschirm, da ist es. Aber die Wand zeigt sich in unschuldigem Weiß. Es wird also nichts mit dem Lächeln und Lachen. Ich werde nur lesen. Da bin ich nicht auf diese verfluchte Technik angewiesen. Zum Teufel mit dem Klumpert! Moment mal! Bei der Veranstaltung in der Schule hat es doch zuerst auch nicht funktioniert. Und dann hat ein Vater gesagt. »Schauen Sie, da müssen Sie nur da drücken und da und dann da, und sehen Sie, es geht.« Da drücken und da. Meine Finger verharren erstarrt. Wo ist da? Und da und da. Wie viele Tasten sind es eigentlich, von denen mich keine anlacht? Und wie viele Tastenkombinationen? Nicht einmal den Namen weiß ich von dem Vater. Ich könnte die Elfi, die Direktorin, anrufen. Aber da müsste ich erst die Telefonauskunft …

Das war der letzte Film, den ich gemacht habe. Niemand wird lachen. Oh doch! Ich höre ihr höhnisches Lachen! »Eine Zumutung ist das!«, höre ich sie brüllen, und ich höre die Sessel quietschen und rumpeln, wie sie aufstehen und polternd den Saal verlassen. Allein stehe ich in der Finsternis, nur das kleine grüne Licht am Beamer blinzelt mich schadenfroh an. Nie mehr! Nie mehr mache ich eine Veranstaltung, zumindest keine, wo ich Bilder oder einen Film zeige.

Ich werde Geschichten vorlesen, da bin ich nur auf meine Stimme angewiesen. Den Beamer verkaufe ich, oder ich schenke ihn her. Wieso bewegt sich da plötzlich ein Schatten, ein Schatten von meiner Hand? Wie ein Tier sieht er aus, so wie ich als Kind an der Wand – Wand!

Die Wand hinter mir ist hell, und der Wecker, diesmal in Pink, wiegt seine Hüften. Das ist ja schon wieder nicht der Anfang. Ach ja: Titelmenü! Brav tickt der Wecker im Dunklen.

Ein erster Gast setzt sich in die dritte Reihe. »Ich freu mich schon«, sagt er.

Ich auch.